mc *Melhores Contos*

Caio Fernando Abreu

Direção de Edla van Steen

 Melhores Contos

Caio Fernando Abreu

Seleção e Prefácio de
Marcelo Secron Bessa

© Cláudia de Abreu Cabral, 2003

1ª Edição, Global Editora, São Paulo 2006
1ª Reimpressão, 2012

Diretor Editorial
Jefferson L. Alves

Gerente de Produção
Flávio Samuel

Assistente Editorial
Ana Cristina Teixeira

Revisão
Ana Cristina Teixeira
Solange Scattolini

Capa
Eduardo Okuno

Editoração Eletrônica
Antonio Silvio Lopes

Dados Internacionais de Catalogação na Publicação (CIP)
(Câmara Brasileira do Livro, SP, Brasil)

Abreu, Caio Fernando
 Melhores contos : Caio Fernando Abreu / seleção e prefácio Marcelo Secron Bessa. – São Paulo : Global, 2006. – (Coleção Melhores contos).

Bibliografia.
ISBN 978-85-260-1018-5

1. Contos brasileiros. I. Bessa, Marcelo Secron. II. Título. III. Série.

05-8443 CDD–869.93

Índice para catálogo sistemático:

1. Contos : Literatura brasileira 869.93

Direitos Reservados

Global Editora e Distribuidora Ltda.

Rua Pirapitingui, 111 – Liberdade
CEP 01508-020 – São Paulo – SP
Tel.: (11) 3277-7999 – Fax: (11) 3277-8141
e-mail: global@globaleditora.com.br
www.globaleditora.com.br

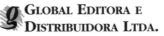

Obra atualizada conforme o
Novo Acordo Ortográfico da Língua Portuguesa

Colabore com a produção científica e cultural.
Proibida a reprodução total ou parcial desta obra sem a autorização do editor.

Nº de Catálogo: **2405**

Marcelo Secron Bessa, carioca, graduou-se em Letras pela Universidade do Estado do Rio de Janeiro (UERJ). Obteve os títulos de mestre e doutor em Letras (Literatura Brasileira e Estudos de Literatura, respectivamente) pela PUC-Rio, onde também lecionou no Departamento de Comunicação Social. De 1999 a 2000, esteve como pesquisador visitante na New York University (NYU). É autor de *Histórias positivas* (Record) e *Os perigosos* (Aeroplano) e organizador, com Jane Galvão e Richard Parker, de *Saúde, desenvolvimento e política* (Editora 34).

Sobre Caio Fernando Abreu e sua obra, escreveu artigos e ensaios, alguns dos quais estão incluídos nos livros *Histórias positivas* e *Os perigosos*. Na revista *PaLavra*, do Departamento de Letras da PUC-Rio, publicou uma entrevista com Caio, realizada poucos meses antes da morte do escritor.

PREFÁCIO

Caio Fernando Abreu morreu, em decorrência de complicações da Aids, em 25 de fevereiro de 1996. Foi uma pena que ele tenha partido naquele momento. Afinal, a despeito do que comumente se pensa, quando se tem 47 anos ainda há muita coisa para viver, para ver, rever e transver. E, no caso de Caio, também – e principalmente – para escrever.

Também foi uma pena que sua morte tenha ocorrido num momento profissionalmente tão especial quanto aquele. Desde o início da década de 1990, alguns de seus livros começavam a ser publicados em diversos países europeus, obtendo boa recepção. No Brasil, sua obra ganhava cada vez mais leitores e, finalmente, uma parcela da crítica e dos meios universitários que ainda eram indiferentes a ela começava a dedicar-lhe alguma atenção. Enfim, era um momento ímpar de sua carreira.

Assim, se hoje estivesse vivo, Caio certamente ficaria feliz em ver o interesse cada vez maior por seu trabalho. E talvez ficasse um tanto espantado também. Afinal, ele dizia que sua obra – assim como ele próprio – caminhava à margem da literatura brasileira. Via-se como uma figura um pouco atípica no campo das letras, sem ter onde se encaixar. No máximo, no plano literário, identificava certa afinidade e familiaridade com João Gilberto Noll, Sérgio Sant'Anna, Lya Luft e pouquíssimos outros. Além disso, Caio costumava reclamar de que a literatura brasileira era feita de bilhetes e telefonemas oportunos e que não tinha muita paciência para *lobbies* ou autopromoção. Avesso a esses contatos convenientes e a uma certa "diplomacia literária", teria, desse modo, prejudicado a divulgação de sua própria obra.

Outro motivo que o fazia sentir-se à margem foi a utilização, em seus textos, de temas rotulados como malditos, que lhe valeram a alcunha de um escritor pesado e baixo-astral. "Eu não sou pesado, mas sim a realidade", ele retorquia. Também falava de *rock*, astrologia, drogas e sexo, entregava-se sem receios à cultura pop, quando isso ainda era considerado uma heresia, tanto à direita como à esquerda, na literatura brasileira. "Na minha obra aparecem coisas que não são consideradas material *digno*, *literário*", disse meses antes de falecer. "Deve ser insuportável para a universidade brasileira, para a crítica brasileira assumir e lidar com um escritor que confessa, por exemplo, que o trabalho do Cazuza e da Rita Lee influenciou muito mais do que Graciliano Ramos. Isso deve ser insuportável. Isso não é literário. E eu gosto de incorporar o chulo, o não literário."

Embora à margem, Caio foi, de fato, um homem das letras: fez das palavras seu ganha-pão (ainda que o retorno financeiro fosse escasso) e sua expressão. Mesmo sem ter concluído um curso universitário, trabalhou, desde o fim da década de 1960, como redator e editor por quase toda sua vida e integrou a equipe de alguns importantes jornais e revistas do país. Sua produção para a imprensa é vasta: artigos, reportagens, entrevistas, resenhas, críticas e editoriais. É um material que ainda está disperso e que, futuramente, talvez mereça pesquisa e catalogação. Na luta pela sobrevivência, Caio também traduziu livros e, quando era necessário redigir, fazia todos os tipos de trabalhos *freelances*.

Na literatura, Caio também foi polivalente: escreveu narrativa infantojuvenil, crônicas, contos, novelas, romances e peças. Entretanto, isso não significa inconstância ou imaturidade artística. Ao contrário, atesta seu hábil manejo da palavra e um bom conhecimento dos gêneros. Como confirma o diretor teatral Luiz Arthur Nunes, seu parceiro na vida e no teatro, ele não se aventurou na literatura dramática por brincadeira: "Caio era um dramaturgo de fato e não um narrador por diletantismo pondo em diálogo suas histórias. Ele sabia e dominava a diferença de gêneros".

No entanto, foi como contista que Caio se destacou e ficou conhecido. Aliás, livros de contos são a maioria entre os títulos de sua obra. Não é possível afirmar que Caio privilegiava a escritura de contos em detrimento de outras formas de expressão literária: em entrevistas concedidas ao longo de sua carreira, sempre falava de um ou outro projeto de romance que o acompanhava há tempos. Também não parece que se considerava mais hábil na escritura desse tipo de narrativa: como Luiz Arthur Nunes observou, por exemplo, Caio era um dramaturgo de mão-cheia.

Talvez circunstâncias de sua vida tenham sido responsáveis pela adoção do conto como sua principal forma de expressão literária. Um desses motivos seria a vida quase nômade que levou durante muitos anos, de cidade em cidade, país em país. Carregar, com frequência, mala e cuia de um lado para outro, muitas vezes sem ter sua própria casa, não é um incentivo para um escritor se dedicar a um projeto maior e mais trabalhoso, como, por exemplo, um romance. Além disso, o trabalho na imprensa sugava-o de tal forma que escrever sua ficção era quase uma tourada diária. Numa entrevista, concedida em 1988, Caio reclamou dessa dificuldade. Segundo ele, o escritor brasileiro é um escritor de fim de semana, feriados e horas vagas. Com ele havia acontecido justamente isto: trabalhando loucamente para (sobre)viver, não tinha mais tempo de estudar, de pensar e mesmo de escrever. Assim, não é de se estranhar que o segundo romance de sua carreira – *Onde andará Dulce Veiga?* –, de 1990, ou seja, publicado 19 anos após o seu primeiro romance, tenha saído do plano do imaginário, no qual residia há anos, para o papel somente após Caio ter pedido demissão do jornal em que trabalhava, dedicando-se, assim, integralmente ao projeto.

Se, por um lado, o cotidiano estafante das redações e a luta diária pela sobrevivência tolheram os projetos mais complexos de Caio, levando-o a se dedicar mais aos contos, por outro lado fizeram com que ele desenvolvesse uma habilidade afiada como contista. Como certeiramente comparou Lygia Fagundes Telles, é uma habilidade de encantador de serpentes, atraindo e hipnotizando seus leitores, a despeito dos temas com que eles se deparam na trama dos contos.

Seus contos apresentam ainda outra peculiaridade. Quando Maria Adelaide Amaral comentou as crônicas publicadas durante anos no *Caderno 2* do jornal *O Estado de S. Paulo*, ela as classificou como "perturbadoras", nas quais Caio teria fixado "a época, o *zeitgeist* dos anos 1980, o permanente e o passageiro, modas e eternidades". De certa forma, a mesma afirmação pode ser estendida aos seus contos: também fixaram épocas, modas e eternidades, personagens célebres e anônimos. Embora não sejam textos documentais, os contos apresentam um quê de retrato de época, uma espécie de registro ficcional, por um viés bem peculiar, das últimas quatro décadas. Não é à toa que, ao falar de si mesmo, Caio gostava de repetir um epíteto que lhe deram: biógrafo das emoções contemporâneas.

Para quem não conhece o trabalho de Caio, ou o conhece pouco, este livro é uma ótima introdução, pois oferece um bom panorama de sua literatura: há contos desde o primeiro livro do escritor, publicado em 1970, até suas últimas produções de meados da década de 1990. Mas tanto os novos como os antigos leitores de Caio que seguirem até o fim por estas páginas poderão perceber que muitos dos contos aqui incluídos têm como tema o amor. O amor como sexo, como paixão, como fantasia e ilusão. Amor entre homens, entre mulheres, entre homens e mulheres. O início e o fim de um amor. A esperança do amor e a aversão a ele. Até mesmo a violência presente em vários contos poderia ser compreendida como falta de amor. Por isso, este livro certamente também poderia ser chamado de *Os melhores contos de amor de Caio Fernando Abreu*.

Como toda seleção é, de certa forma e em algum grau, arbitrária, isso poderia significar algum desejo não manifesto do selecionador, algo como "a-busca--no-outro-de-algo-por-que-ele-mesmo-anseia". Deixando de lado uma interpretação psicanalítica barata acerca do selecionador, é importante observar que Caio, na apresentação de *Os dragões não conhecem o paraíso*, de 1988, já havia apontado ao leitor para a constância presente em seu sétimo livro:

11

Se o leitor quiser, este pode ser um livro de contos. Um livro com 13 histórias independentes, girando sempre em torno de um mesmo tema: amor. Amor e sexo, amor e morte, amor e abandono, amor e alegria, amor e memória, amor e medo, amor e loucura. Mas, se o leitor quiser, este pode ser uma espécie de *romance-móbile*. Um romance desmontável, onde essas 13 peças talvez possam completar-se, esclarecer-se, ampliar-se ou remeter-se de muitas maneiras umas às outras, para formarem uma espécie de todo. Aparentemente fragmentado, mas, de algum modo – suponho –, completo.

No entanto, como o leitor poderá atestar após a leitura dos contos deste livro, essa constância temática não se circunscreve a *Os dragões não conhecem o paraíso*, mas sim se estende por toda a obra do escritor, por diferentes formas. Assim, podemos pensar em sua obra inteira como um grande romance desmontável, cujo tema maior é o amor. Aliás, meses antes de falecer, Caio refletiu: "Ultimamente tenho pensado se Cortázar tinha razão quando dizia que o escritor passa a vida tentando escrever um livro só. Proust conseguiu dar essa ordem. Mas Proust era Proust". Estranha ironia: a obra de um escritor "pesado" e "baixo-astral" seria, por essa lógica, um grande romance sobre o amor. É certo que, na maioria das vezes, é um amor que foge da idealização romântica a que estamos subjugados, mas ainda assim é *amor*.

De resto, fica uma observação. As histórias de Caio – de amor ou não e até mesmo aquelas consideradas pesadas, chulas e tristes – parecem lembrar que a vida, apesar dos pesares, ainda vale a pena ser vivida, como sugere o título do conto "Morangos mofados". O fim desse conto ("Frescos morangos vermelhos. Achava que sim. Que sim. Sim.") remete explicitamente ao livro *A hora da estrela*, de Clarice Lispector, escritora de quem Caio era um leitor confesso. Nas linhas finais desse romance de Clarice, o narrador, Rodrigo S. M., angustiado e perplexo com a morte rude da personagem Macabéa, lembra ao leitor: "Não se esquecer que por enquanto é tempo de morangos. Sim". A inesperada recomendação do narrador no fim da narrativa, além de surpreender o leitor, é um tanto enigmática. Várias interpretações podem ser feitas. Uma delas sugere que, diante da *morte* crua e inevitável da personagem, os morangos representariam a *vida*. De certa forma, não só o conto "Morangos mofados" mas também toda a obra de Caio, mesmo considerada "pesada" e "baixo-astral", parecem dizer isso. Mesmo que estejam mofados, sugere o escritor, os morangos *continuam* sendo morangos. Em outras palavras, Caio Fernando Abreu nos lembra em seus textos que a vida – apesar de, às vezes, ser dolorosa e um tanto cruel – *continua* sendo a vida. A (ainda) nossa vida.

Marcelo Secron Bessa

CONTOS

CORUJAS

*Para meus pais Zaél e Nair
e meus irmãos José Cláudio, Luiz Felipe, Márcia e Cláudia*

INTRODUÇÃO

Tinham um olhar dentro, de quem olha fixo e sacode a cabeça, acenando como se numa penetração entrassem fundo demais, concordando, refletidas. Olhavam fixo, pupilas perdidas na extensão amarelada das órbitas, e concordavam mudas. A sabedoria humilhante de quem percebe coisas apenas suspeitas pelos outros. Jamais saberíamos das conclusões a que chegavam, mas oblíquos olhávamos em torno numa desconfiança que só findava com algum gesto ou palavra nem sempre oportunos. O fato é que tínhamos medo, ou quem sabe alguma espécie de respeito grande, de quem se vê menor frente a outros seres mais fortes e inexplicáveis. Medo por carência de outra palavra para melhor definir o sentimento escorregadio na gente, de leve escapando para um canto da consciência de onde, ressabiado, espreitaria. E enveredávamos então pelo caminho do fácil, tentando suavizar o que não era suave. Recusando-lhes o mistério, recusávamos o nosso próprio medo e as encarávamos rotulando-as sem problema como "irracionais", relegando-as ao mundo bruto a que deviam forçosamente pertencer. O mundo de dentro do qual não podiam atrever-se a desafiar-nos com o conhecimento de algo ignorado por nós. Pois orgulhos, não admitiríamos que vissem ou sentissem além de seus limites. Condicionadas a seus corpos atarracados, de penas cinzentas e três garras quase ridículas na agressividade forçada – condicionadas à sua precariedade, elas não poderiam ter mais do que lhe seria permitido por nós, humanos.

A CHEGADA

Vieram de manhã cedo, a casa adormecida recusando preguiçosa a admiti-las em seu cotidiano. Apenas a empregada levantou-se entre resmungos para abrir a porta. Aceitou-as impassível em sua sonolência, dentro da gaiola em que estavam. O homem que as trouxera exigira apenas um sabonete em troca. Não sei se chegaram a saber disso – talvez não, pois quem sabe a troca mesquinha faria oscilar o orgulho delas, amenizando-lhes a ousadia no encarar-nos. Sobre a mesa, uma encolhida contra a outra, massa informe, cinzenta e tímida, onde ainda não se distinguia o grito amarelo dos olhos, aguardaram pacientes que o sol subisse e as gentes acordadas viessem cercá-las de espantos e sustos. Meu pai no entanto não lhes deu atenção. Constatou-as e passou adiante, em direção ao banheiro. Minha mãe sorriu-lhes, tentando a primeira carícia, recusada talvez por inexperiência de afeto. Contudo, não as penetrou fundo, anexando-as inofensivas em seu esparramar de bondade sem precauções.

Foram as crianças as primeiras a hesitar, num recuo que seria de ofensa se pertencesse à gente grande. Crianças, trocaram assombros frente à estranheza dos bichos nunca antes vistos. Por terem menos tempo de existência eram talvez as mais vulneráveis ao mistério. O viver constante, demorado e desiludido dos outros, acostumados à dureza, não poderia por caminhos diretos render-se à solicitação dos olhos delas. Mas a inexperiência das crianças levava-as ao extremo oposto de desrespeitá-las em sua individualidade, trazendo-as sem cerimônias para seu mundo de brinquedos. Perguntaram o nome dos bichos à empregada atarefada em passar café.

Coruja – foi a resposta seca, desinteressada, como se se tratassem de um saco de açúcar.

Aparentemente satisfeitas, compenetraram-se em cercá-las de uma ternura meio brusca. Aquela mesma dispensada às bonecas novas, que em pouco tempo restavam espatifadas em braços e pernas pelo quintal. Essa ternura bruta que destrói por excesso inábil de amor. Restou-me o consolo de ter sido o primeiro a identificá-las como realmente eram. Ou como eu as via, duvidando que a visão dos outros fosse mais correta, profunda ou corajosa.

O sol já alto da manhã as fizera abrir os olhos, investigando o ambiente. Creio que a brancura dos azulejos da cozinha as surpreendeu, pois em breve voltaram a encolher-se, alheias. Acostumadas como estavam aos vastos céus e campos percorridos dias inteiros preferiam buscar as coisas perdidas no calor dos corpos uma da outra. Prática, minha mãe informava: eram boas para comer baratas. E conscientes de sua liberdade interrompida, elas esperavam pela tarefa que lhes era destinada.

BATISMO

Logo caminhavam pela casa inteira, desvendando segredos. As crianças seguravam-nas, embalando-as como nenéns. Sem esperar, de repente, a gente deparava com o olhar amarelo fixo duma – perturbando, interrogando, confundindo. A acusação muda fazia com que me investigasse ansioso, buscando erros. E punha-me em dia comigo mesmo, para me apresentar novamente a elas de banho tomado, unhas cortadas, rosto barbeado, cabelo penteado – na ilusão de que a limpeza externa arrancasse um aceno de aprovação. Mas eu sabia – embora, obstinado, recusasse a convicção até o último minuto –, sabia que seu olhar ultrapassava roupa, pele, carne, músculos e ossos para fixar-se num compartimento remoto, cujo conteúdo eu mesmo desconhecesse. Admitia-as envergonhado, mas hesitava em mostrar-me, criminoso negando o crime até a evidência dos fatos. Observava os olhares desviados dos adultos, e desviava também o meu, cirandando com eles na mesma negação.

As crianças disputavam a posse, é minha, não, é minha, manhê, a Cláudia quer se adonar das corujas, mas elas passavam adiante, sabendo-se para sempre impossuídas, indecifráveis. Disputavam também a primazia de batizá-las, ignorando que o anonimato fazia parte de sua natureza. Nessa ignorância, chamaram-nas Tutuca e Telecoteco. Pisquei um olho para elas, rindo da ingenuidade, cada vez mais e mais negada. Ofélia e Hamlet, sugeriu um leitor óbvio de Shakespeare. Mas recusei-os ainda. Secretamente, reivindicava para mim seu batismo e posse, investigava almanaques em busca do nome que melhor assentasse. Chamá-las de alguma coisa seria dar um passo no caminho de seu conhecimento, como se sutilmente as fosse amoldando à minha maneira de desejá-las. Finalmente achei. Eram nomes de criaturas estranhas, indecifráveis como elas, já perdidas no tempo, misteriosas até hoje. Rasputin e Cassandra. Calei a descoberta, ocultei o batizado, apropriando-me cada vez mais de sua natureza, embora inconscientemente soubesse da inutilidade de tudo. Rasputin era menor, mais ágil, caminhava lento pelo parquê, os olhos sempre abertos, inesperadamente alcançando o encosto das cadeiras num voo raso. Cassandra procurava os cantos escuros, os olhos constantemente semicerrados, uma perna encolhida, em atitude de rosto-pendido-e-ar-pensativo.

A FOME

Passados os primeiros dias, principiaram a entrar na rotina. Vezenquando ainda me surpreendia a encará-las num duelo de mistérios. Eu, ocultando cuidadoso o meu, feroz na defesa, embora fosse sempre o primeiro a desviar os olhos. Recusei tocá-las. A maciez de seus corpos passava quente, impassível, de mão em mão, quando havia visitas. E só nessas ocasiões elas voltaram a espantar. Cumpriam honestamente sua tarefa de devorar baratas, mas recusavam qualquer outro alimento. O homem que as trouxera informara a minha mãe de seu orgulho: feridas em liberdade, faziam greve de fome até a morte. Com a iminência de seu suicídio, planejamos soltá-las no campo. Quase podia vê-las erguendo-se de leve num voo contido, experimentando forças, as asas abrindo-se aos poucos numa subida lenta, fundidas em azul, subindo, subindo.

As asas cortadas, porém, exigiam tempo para crescer novamente. Éramos obrigados a esperar. Desejei comunicá-las sua próxima libertação, mas a ineficiência de gestos e palavras isolou-me num mutismo para elas incompreensível. Éramos definitivamente incomunicáveis. Eu, gente; elas, bichos. Corujas, mesmo batizadas em segredo. Cassandra e Rasputin. Ofélia e Hamlet. Tutuca e Telecoteco. Qualquer nome não modificaria a sua natureza. Nunca. Corujas para sempre.

Mas a greve de fome persistia. Tão bem cumpriram seu serviço de comer baratas que, em breve, creio, não restava mais nenhuma. Orgulhosas, passeavam seus estômagos vazios pela casa toda, a gente se olhando culpado, as mãos desertas de soluções. Não nos restava mais nada a fazer senão esperar. Por sua morte ou sua capitulação. Quem as visse, convictas em seu desfilar faminto, poderia facilmente imaginá-las carregando cartazes de protesto. Contra quê? Contra quem? perguntávamos temerosos da resposta óbvia.

DESFECHO

Num começo de manhã ainda sem sol, igual a que as tinha trazido, Rasputin foi encontrado morto. O corpo pequeno e cinzento, já rígido, sobre os mosaicos frios da cozinha. Desviei os olhos sem dar nome ao sentimento que me invadia. Encolhida em seu canto, Cassandra diminuía cada vez mais. Olhos cerrados com força, eu tinha impressão que vezenquando seu corpo oscilava, talo de capim ao vento, quase quebrado. Até que morreu também. Digna e solitária, quem sabe virgem. Enterraram-na no fundo do quintal, uns jasmins jogados por cima da cova rasa, feita com as mãos.

Não fui ver a sepultura. Não sei se me assustava o mistério adensado ou para sempre desfeito.

Conto do livro *Inventário do ir-remediável*.

OÁSIS

*Para José Cláudio Abreu,
Luiz Carlos Moura e o negrinho Jorge*

A brincadeira não era difícil: bastava que nos concentrássemos o suficiente para conseguirmos transformar tudo que havia em volta. E treinados como estávamos nas imaginações mais delirantes, era relativamente fácil avistar um deserto na rua comprida e um oásis no arco branco do portão do quartel, lá no fundo. Algumas vezes tentamos iniciar um ou outro guri da nossa idade, mas eles não conseguiam nunca chegar até o fim. Os mais persistentes alcançavam a metade do caminho, mas era mais comum rirem de saída e irem cuidar de outra coisa. Talvez porque, ao contrário de nós três, nunca houvessem visto o quartel por dentro, com seus lagos, cavalos, alamedas calçadas, eucaliptos, cinamomos, soldados.

Acho mesmo que foi naquela tarde em que visitamos o quartel pela primeira vez que a brincadeira nasceu. Absolutamente fascinados, sentimos necessidade de vê-lo mais e mais vezes, principalmente ficamos surpresos por não termos jamais imaginado quantas maravilhas se escondiam atrás daquele portão branco, e tão tangíveis, ali, no fim da rua de nossa casa. Não sei de quem partiu a ideia mas, seja de quem foi, ele foi muito sutil ao propô-la, disfarçando a coisa de tal jeito que não suspeitamos tratar-se de apenas um pretexto para visitar mais vezes o quartel. Claro que não confessaríamos claramente nosso fascínio, tão empenhados andávamos em, constantemente, simular um fastio em relação a todas as coisas. Fastio esse que, para nós, era sinônimo de superioridade.

Era preciso bastante sol para brincar – fazíamos questão de ficar empapados de suor e de sentirmos sobre as cabeças aquela massa amarela quase esmagando os miolos. Era preciso também que não houvesse chovido nos dias anteriores, pois por mais hábeis que fôssemos para distorcer pequenos ou grandes detalhes, não o éramos a ponto de aceitar um deserto lamacento. Quando todas essas coisas se combinavam, a proposta partia de qualquer um de nós.

Brincar de oásis era a senha, e imediatamente caíamos no chão, ainda desacordados com o choque produzido pela queda do avião onde viajávamos, depois lentamente abríamos os olhos e tateávamos em volta, no meio da rua, tocando as pedras escaldantes da hora de sesta. Quase sempre Jorge voltava a fechar os olhos dizendo que preferia morrer ali mesmo do que ficar dias e dias se cansando à toa pelo deserto. E quase sempre eu apontava para o arco no fim da rua, dizendo que se tratava de um oásis, que meu avião já havia caído lá uma vez e que, enfim, tinha experiência de caminhadas no deserto. Em seguida Luiz investigava os bolsos e apresentava algum biscoito velho, acrescentando que tínhamos víveres suficientes para chegar lá. Convencido Jorge, tudo se passava normalmente. Aos poucos nossas posturas iam decaindo: no fim da primeira quadra, tínhamos os ombros baixos, as pernas moles – na altura do colégio das freiras começávamos a tropeçar e, para não cair, nos segurávamos no muro de tijolos musguentos.

A partir do colégio as casas rareavam, e além de algumas pensões de putas não havia senão campo, cercas de arame farpado e a poeira solta e vermelha do meio da rua. Então, sem nenhum pudor, andávamos nos arrastando enquanto algumas daquelas mulheres espantosamente loiras nos observavam das janelas por baixo das pálpebras azuis e verdes, pintando as unhas e tomando chimarrão embaixo das parreiras carregadas. Tudo se desenvolvia por etapas que eram vencidas sem nenhuma palavra, sem sequer um olhar. Raramente alguém esquecia alguma coisa. Apenas uma vez Jorge não resistiu e, interrompendo por um momento a caminhada, pediu um copo d'água para uma daquelas mulheres. Eu e Luiz nos entreolhamos sem falar, escandalizados com o que julgávamos uma imperdoável traição. Mas a tal ponto nos comunicávamos que, mal voltou, a água ainda pingando do queixo, Jorge justificou-se com um sorriso deslavado:

– Foi uma miragem.

A partir de então as miragens se multiplicaram: vacas que atravessavam a rua, pitangueiras no meio do campo, alguma pedrada num passarinho mais distraído. Chegávamos no portão e ficávamos olhando para dentro, sem coragem de entrar, com medo dos dois soldados de guarda. Lá dentro: o paraíso. Mas era como se tivéssemos entrado: voltávamos novamente eretos, bem-dispostos, com as peças para consertar o avião caído e que, sem a menor explicação, tínhamos encontrado entre duas palmeiras.

Houve um verão de seca tão intensa, sol, poeira, sede e crepúsculos esbraseados, que brincávamos quase todos os dias. Acabamos fazendo amizade com um soldado que ficava de guarda às segundas, quartas e sextas. Aos poucos, então, começamos a suborná-lo, usando os métodos mais sedutores, adestrando-nos em cinismos. Começamos por mostrar a ele figurinhas de álbum, depois levando revistas velhas, biscoitos, rapaduras, pedaços de galinha assada do almoço de domingo, garrafas vazias e, finalmente, até mesmo alguma camisa que misteriosamente desaparecia do varal de casa. Mas a vitória só foi consumada quando Dejanira, a empregada, entrou em cena. Com muito tato, conseguimos interessar o soldado numa misteriosa mulata que espiava todos os dias a sua passagem para o quartel, de manhã cedinho, escondida atrás da janela da sala. Era uma mulata tímida e lânguida, que fazia versos às escondidas e pensava vagamente em suicídio nas noites de lua cheia. Dejanira parecia um nome muito vulgar para uma criatura de tais qualidades, então tornamos a batizá-la de Dejanira Valéria e, pouco a pouco, fomos acrescentando mais e mais detalhes, até conseguir enredar o soldado a um ponto que ele chegava a nos convidar para entrar no quartel. Antes do avião cair nos esmerávamos em forjar bilhetes cheios de solecismos e compor versos de pé quebrado em folhas de caderno, sensualmente assinados por *docemente tua, Dejanira Valéria*, numa caligrafia que Luiz caprichadamente enchia de meneios barrocos altamente sedutores. E na hora do banho Dejanira não entendia por que a tratávamos com tanto respeito, chamando-a candidamente de *doce Valéria*, até que nos enchia de cascudos e palavrões. Mas a confiança do soldado estava ganha: já agora se empenhava em nos agradar, atraindo-nos para dentro do quartel e permitindo que ficássemos horas zanzando pelo pátio calçado, as árvores pintadas de branco até a metade, os cavalos de cheiro forte e crina cortada, apitos, continências, bater de pés e outras senhas absolutamente incompreensíveis e deslumbrantes em seu mistério. Coisas estranhas se passavam ali, e tínhamos certeza de estarmos lentamente ingressando numa espécie de sociedade mágica e secreta.

Foi quando, uma tarde, tudo se passando exatamente como das outras vezes, nos encontramos os três parados à frente de um portão sem guarda. Não conseguimos compreender, mas estávamos tão habituados a entrar e a passar despercebidos que, como das outras vezes, entramos. Havia um movimento incomum lá dentro: carroças se chocavam, armas passavam de um lado para outro, soldados corriam e gritavam palavrões, o chão estava sujo de esterco, os cavalos todos enfileirados. Conseguimos passar mais ou menos incógnitos pelo meio da babilônia, até chegarmos numa sala onde nunca estivéramos antes. Examinamos as paredes vazias, depois descobrimos num canto, sobre uma mesa, um estranho aparelho cheio de fios. Jorge descobriu um microfone e, por algum tempo, ficamos ali parados, sem compreender exatamente o que era aquilo, mas certos de que se tratava de uma peça importantíssima para o funcionamento de toda a organização.

Estávamos tão entretidos na descoberta que não percebemos quando entraram dois soldados com fardas diferentes das dos outros, com penduricalhos coloridos nos ombros. Fui o primeiro a vê-los, mas não foi possível avisar os outros: os soldados já avançavam sobre nós, vermelhos, segurando-nos pelos ombros e nos sacudindo até que Jorge começasse a chorar e a chamar pela mãe. Falavam os dois ao mesmo tempo, aos berros. Depois, com mais alguns trancos, nos jogaram num canto. Um deles, de enorme bigode preto, avançou para nós e, com uma voz que me pareceu completamente hedionda, disse que ficaríamos presos até aprendermos a não nos meter onde não era da nossa conta. Ainda discutiu um pouco com o outro, que parecia estar do nosso lado, pelo menos torcemos para que fosse assim. Mas não adiantou nada: o de bigode enorme disse que era só um susto, e saiu nos empurrando até a prisão.

Era um quartinho ainda menor que o de Dejanira, infinitamente mais sujo e frio, apesar de todo o calor que fazia lá fora, com uma janelinha gradeada na altura do teto. Ficamos ali durante muito tempo, incapazes de dizer qualquer palavra, num temor tão espesso que não era preciso evidenciá-lo através de um grito. Jorge chorava, eu e Luiz nos encolhíamos contra as paredes. Pensamentos terríveis cruzavam a minha cabeça, pelotões, fuzilamentos, enquanto uma dor de barriga se tornava cada vez mais insuportável, até escorrer pelas pernas numa massa visguenta.

Já era noite quando vimos com alívio a porta se abrir para dar passagem ao soldado nosso conhecido. Sem falar nada, fomos levados para casa num jipe militar. Mamãe estava descabelada, as vizinhas todas em volta, as luzes acesas: entramos na sala pela mão do soldado, que falou rapidamente coisas que não conseguimos entender, enquanto todo mundo nos envolvia em beijos e abraços, logo contidos quando perceberam meu estado lastimável. Mamãe disse que a culpada era Dejanira, que não cuidava de nós; papai disse que a culpada era mamãe, que nos entregava a Dejanira; Dejanira disse que os culpados éramos nós, uns demônios capazes de enlouquecer qualquer vivente; mamãe disse que Dejanira era uma china desaforada, e que demônios eram os da laia dela, e que o culpado era papai, que achava que em criança não se bate; Dejanira disse que não ficava mais nem um minuto naquela casa de doidos; papai disse que mamãe não nos dava a mínima; mamãe disse que era uma verdadeira escrava e que os homens só queriam mesmo as mulheres para *aquilo*; papai disse que não podia dar atenção a seus faniquitos na hora em que o país atravessava uma crise tão grave. E acabaram os três gritando tão alto quanto os dois soldados de farda diferente, com penduricalhos coloridos nos ombros. Depois do banho assistimos à partida de uma Dejanira nem um pouco Valéria e muito menos lânguida: jogava as roupas na mala e resmugava desaforos em voz baixa. Doía vê-la ir embora, mas as chineladas e a vara de marmelo doeram muito mais. Fomos postos na cama sem jantar. Ficamos muito tempo acordados no escuro, ouvindo o som do rádio que vinha da sala e os passos apressados na rua. Antes de dormir ainda ouvi a voz de Jorge perguntando a Luiz o que era uma revolução, e um pouco mais tarde a voz de Luiz, apagada e hesitante, dizer que achava que revolução era assim como uma guerra pequena. Mais tarde, não sei se sonhei ou se pensei realmente que os aviões não caíam no meio das ruas, e que as ruas não eram desertos e que portões brancos de quartéis não eram oásis. E que mesmo que portões brancos de quartéis fossem oásis e cinamomos pintados de branco até a metade fossem palmeiras, não se encontraria nunca uma peça de avião no meio de duas palmeiras. E por todas essas coisas, creio, soube que nunca mais voltaríamos a brincar de encontrar oásis no fim das ruas. Embora fosse muito fácil, naquele tempo.

Conto do livro O *ovo apunhalado*.

SARGENTO GARCIA

À memória de Luiza Felpuda

1

– **H**ermes. – O rebenque estalou contra a madeira gasta da mesa. Ele repetiu mais alto, quase gritando, quase com raiva: – Eu chamei Hermes. Quem é essa lorpa?
Avancei do fundo da sala.
– Sou eu.
– Sou eu, meu sargento. Repita.
Os outros olhavam, nus como eu. Só se ouvia o ruído das pás do ventilador girando enferrujadas no teto, mas eu sabia que riam baixinho, cutucando-se excitados. Atrás dele, a parede de reboco descascado, a janela pintada de azul-marinho aberta sobre um pátio cheio de cinamomos caiados de branco até a metade do tronco. Nenhum vento nas copas imóveis. E moscas amolecidas pelo calor, tão tontas que se chocavam no ar, entre o cheiro da bosta quente de cavalo e corpos sujos de machos. De repente, mais nu que os outros, eu: no centro da sala. O suor escorria pelos sovacos.
– Ficou surdo, idiota?
– Não. Não, seu sargento.
– *Meu* sargento.
– Meu sargento.

– Por que não respondeu quando eu chamei?
– Não ouvi. Desculpe, eu...
– Não ouvi, meu sargento. Repita.
– Não ouvi. Meu sargento.

Parecia divertido, o olho verde frio de cobra quase oculto sob as sobrancelhas unidas em ângulo agudo sobre o nariz. Começava a odiar aquele bigode grosso como um manduruvá cabeludo rastejando em volta da boca, cortina de veludo negro entreaberta sobre os lábios molhados.

– Tem cera nos ouvidos, pamonha?

Olhou em volta, pedindo aprovação, dando licença. Um alívio percorreu a sala. Os homens riam livremente agora. Podia ver, à minha direita, o alemão de costela quebrada, a ponta quase furando a barriga sacudida por um riso banguela. E o saco murcho do crioulo parrudo.

– Não, meu sargento.
– E no rabo?

Surpreso e suspenso, o coro de risos. As pás do ventilador voltaram a arranhar o silêncio, feito filme de mocinho, um segundo antes do tiro. Ele olhou os homens, um por um. O riso recomeçou, estridente. A ponta da costela vibrava no ar, *um acidente no roça com minha ermón*. Imóveis, as folhas bem de cima dos cinamomos. O saco murcho, como se não houvesse nada dentro, *sou faixa preta, morou?* Uma mosca esvoaçou perto do meu olho. Pisquei.

– Esquece. E não pisca, bocó. Só quando eu mandar.

Levantou-se e veio vindo na minha direção. A camiseta branca com grandes manchas de suor embaixo dos braços peludos, cruzados sobre o peito, a ponta do rebenque curto de montaria, ereto e tenso, batendo ritmado nos cabelos quase raspados, duros de brilhantina, colados ao crânio. Num salto, o rebenque enveredou em

direção à minha cara, desviou-se a menos de um palmo, zunindo, para estalar com força nas botas. Estremeci. Era ridícula a sensação de minha bunda exposta, branca e provavelmente trêmula, na frente daquela meia dúzia de homens pelados. O manduruvá contraiu-se, lesma respingada de sal, a cortina afastou-se para um lado. Um brilho de ouro dançou sobre o canino esquerdo.
– Está com medo, moloide?
– Não, meu sargento. É que.
O rebenque estalou outra vez na bota. Couro contra couro. Seco. A sala inteira pareceu estremecer comigo. Na parede, o retrato do marechal Castelo Branco oscilou. Os risos cessaram. Mas junto com o zumbido do sangue quente na minha cabeça, as pás ferrugentas do ventilador e o voo gordo das moscas, eu localizava também um ofegar seboso, nojento. Os outros esperavam. Eu esperava. Seria assim, um cristão na arena? pensei sem querer. O leão brincando com a vítima, patas vadias no ar, antes de desferir o golpe mortal.
– Quem fala aqui sou eu, correto?
– Correto, sargento. Meu sargento.
– Limite-se a dizer *sim, meu sargento* ou *não, meu sargento*. Correto?
– Sim, meu sargento.
Muito perto, cheiro de suor de gente e cavalo, bosta quente, alfafa, cigarro e brilhantina. Sem mover a cabeça, senti seus olhos de cobra percorrendo meu corpo inteiro vagarosamente. Leão entediado, general espartano, tão minucioso que podia descobrir a cicatriz de arame farpado escondida na minha coxa direita, os três pontos de uma pedrada entre os cabelos, e pequenas marcas, manchas, mesmo as que eu desconhecia, todas as verrugas e os sinais mais secretos da minha pele. Moveu o cigarro com os dentes. A brasa quente passou

raspando junto à minha face. O mamilo do peito saliente roçou meu ombro. Voltei a estremecer.
— Mocinho delicado, hein? É daqueles bem-educados, é? Pois se te pego num cortado bravo, tu vai ver o que é bom pra tosse, perobão.
Os homens remexiam-se, inquietos. Romanos, queriam sangue. O rebenque, a bota, o estalo.
— Sentido!
Estiquei a coluna. O pescoço doía, retesado. As mãos pareciam feitas apenas de ossos crispados, sem carne, pele nem músculos. Pisou o cigarro com o salto da bota. Cuspiu de lado.
— Descansar!
Girou rápido sobre os calcanhares, voltando para a mesa. Cruzei as mãos nas costas, tentando inutilmente esconder a bunda nua. Além da copa dos cinamomos, o céu azul não tinha nenhuma nuvem. Mas lá embaixo, na banda do rio, o horizonte começava a ficar avermelhado. Com um tapa, alguém esmagou uma mosca.
— Silêncio, patetas!
Olhou para o meu peito. E baixou os olhos um pouco mais.
— Então tu é que é o tal de Hermes?
— Sim, meu sargento.
— Tem certeza?
— Sim, meu sargento.
— Mas de onde foi que tu tirou esse nome?
— Não sei, meu sargento.
Sorriu. Eu pressenti o ataque. E quase admirei sua capacidade de comandar as reações daquela manada bruta da qual, para ele, eu devia fazer parte. Presa suculenta, carne indefesa e fraca. Como um idiota, pensei em Deborah Kerr no meio dos leões em cinemascope, cor de luxo, túnica branca, rosas nas mãos, um quadro anti-

go na casa de minha avó, Cecília entre os leões, ou seria Jean Simmons? figura de catecismo, os-cristãos-eram-obrigados-a-negar-sua-fé-sob-pena-de-morte, o padre Lima fugiu com a filha do barbeiro, que deve ter virado mula sem cabeça, a filha, não o padre, nem o barbeiro. O silêncio crescendo. Um cavalo esmolambado cruzou o espaço vazio da janela, palco, tela, minha cabeça galopava, Steve Reeves ou Victor Macture, sozinho na arena, peitos suados, o mártir, estrangulando o leão, os cantos da boca, não era assim, as-comissuras-dos-lábios-voltadas-para-baixo-num-esforço-hercúleo, o trigo venceu a ferocidade do monstro de guampas. A mosca pousou bem na ponta do meu nariz.
– Por acaso tu é filho das macegas?
Minha cara incendiava. Ele apagou o cigarro dentro do pequeno capacete militar invertido, sustentado por três espingardas cruzadas. E me olhou de frente, pela primeira vez, firme, sobrancelhas agudas sobre o nariz, fundo, um falcão atento à presa, forte. A mosca levantou voo da ponta do meu nariz.
Não me fira, pensei com força, tenho dezessete anos, quase dezoito, gosto de desenhar, meu quarto tem um Anjo da Guarda com a moldura quebrada, a janela dá para um jasmineiro, no verão eu fico tonto, meu sargento, me dá assim como um nojo doce, a noite inteira, todas as noites, todo o verão, vezenquando saio nu na janela com uma coisa que não entendo direito acontecendo pelas minhas veias, depois abro *As mil e uma noites* e tento ler, meu sargento, *sois um bom dervixe, habituado a uma vida tranquila, distante dos cuidados do mundo*, na manhã seguinte minha mãe diz sempre que tenho olheiras, e bate na porta quando vou ao banheiro e repete repete que aquele disco da Nara Leão é muito chato, que eu devia parar de desenhar tanto, porque já tenho

dezessete, quase dezoito, e nenhuma vergonha na cara, meu sargento, nenhum amigo, só esta tontura seca de estar começando a viver, um monte de coisas que eu não entendo, todas as manhãs, meu sargento, para todo o sempre, amém.

Feito cometas, faíscas cruzaram na frente dos meus olhos. Tive medo de cair. Mas as folhas mais altas dos cinamomos começaram a se mover. O sol quase caindo no Guaíba. E não sei se pelo olhar dele, se pelo nariz livre da mosca, se pela minha história, pela brisa vinda do rio ou puro cansaço, parei de odiá-lo naquele exato momento. Como quem muda uma estação de rádio. Esta, sentia impreciso, sem interferências.

– Pois, seu Hermes, então tu é o tal que tem pé chato, taquicardia e pressão baixa? O médico me disse. Arrimo de família, também?

– Sim, meu sargento – menti apressado, aquele médico amigo de meu pai. Uma suspeita cruzou minha cabeça, e se ele descobrisse? Mas tive certeza: ele já sabia. O tempo todo. Desde o começo. Movimentei os ombros, mais leves. Olhei fundo no fundo frio do olho dele.

– Trabalha?
– Sim, meu sargento – menti outra vez.
– Onde?
– Num escritório, meu sargento.
– Estuda?
– Sim, meu sargento.
– O quê?
– Pré-vestibular, meu sargento.
– E vai fazer o quê? Engenharia, direito, medicina?
– Não, meu sargento.
– Odontologia? Agronomia? Veterinária?
– Filosofia, meu sargento.

Uma corrente elétrica percorreu os outros. Esperei que atacasse novamente. Ou risse. Tornou a me examinar lento. Respeito, aquilo, ou pena? O olhar se deteve, abaixo do meu umbigo. Acendeu outro cigarro, Continental sem filtro, eu podia ver, com o isqueiro em forma de bala. Espiou pela janela. Devia ter visto o céu avermelhado sobre o rio, o laranja do céu, o quase roxo das nuvens amontoadas no horizonte das ilhas. Voltou os olhos para mim. Pupilas tão contraídas que o verde parecia vidro liso, fácil de quebrar.

– Pois, seu filósofo, o senhor está dispensado de servir à pátria. Seu certificado fica pronto daqui a três meses. Pode se vestir. – Olhou em volta, o alemão, o crioulo, os outros machos. – E vocês, seus analfabetos, deviam era criar vergonha nessa cara porca e se mirar no exemplo aí do moço. Como se não bastasse ser arrimo de família, um dia ainda vai sair filosofando por aí, enquanto vocês vão continuar pastando que nem gado até a morte.

Caminhei para a porta, tão vitorioso que meu passo era uma folha vadia, dançando na brisa da tardezinha. Abriram caminho para que eu passasse. Lerdos, vencidos. Antes de entrar na outra sala, ouvi o rebenque estalando contra a bota negra.

– Sen-tido! Estão pensando que isso aqui é o cu da mãe joana?

2

Parado no porão de ferro, olhei direto para o sol. Meu truque antigo: o em-volta tão claro que virava seu oposto e se tornava escuro, e enchendo-se de sombras e reflexos que se uniam aos poucos, organizando-se em forma de objetos ou apenas dançando soltos no espaço à minha frente, sem formar coisa alguma. Eram esses os que me interessavam, os que dançavam vadios no ar, sem fazer parte das nuvens, das árvores nem das casas. Eu não sabia para onde iriam, depois que meus olhos novamente acostumados à luz colocavam cada coisa em seu lugar, assim: casa – paredes, janelas e portas; árvores – tronco, galhos e folhas; nuvens – fiapos estirados ou embolados, vezenquando brancos, vezenquando coloridos. Cada coisa era cada coisa e inteira, na união de todas as suas infinitas partes. Mas e as sombras e os reflexos, esses que não se integravam em forma alguma, onde ficavam guardados? Para onde ia a parte das coisas que não cabia na própria coisa? Para o fundo do meu olho, esperando o ofuscamento para vir à tona outra vez? Ou entre as próprias coisas-coisas, no espaço vazio entre o fim de uma parte e o começo de outra pequena parte da coisa inteira? Como um por trás do real, feito espírito de sombra ou luz, claro-escuro escondido no mais de-dentro de um tronco de árvore ou no espaço entre um tijolo e outro ou no meio de dois fiapos de nuvem, onde? As cigarras chiavam no pátio de cinamomos caiados.

    Respirei fundo, erguendo um pouco os ombros para engolir mais ar. Meu corpo inteiro nunca tinha me parecido tão novo. Comecei a descer o morro, o quartel ficando para trás. Bola de fogo suspensa, o sol caía no rio. Sacudi um pé de manacá, a chuva adocicada despencou na minha cabeça. Na primeira curva, o Chevrolet antigo parou a meu lado. Como um grande morcego cinza.

    – Vai pra cidade?

    Como se estivesse surpreso, espiei para dentro. Ele estava debruçado na janela, o sol iluminando o meio sor-

riso, fazendo brilhar o remendo dourado do canino esquerdo.
— Quer carona?
— Vou tomar o bonde logo ali na Azenha.
— Te deixo lá — disse. E abriu a porta do carro.
Entrei. O cigarro moveu-se de um lado para outro na boca, enquanto a mão engatava a primeira. Um vento entrando pela janela fazia meu cabelo voar. Ele segurou o cigarro, Continental sem filtro, eu tinha visto, entre o polegar e o indicador amarelados, cuspiu pela janela, depois me olhou.
— Ficou com medo de mim?
Não parecia mais um leão, nem general espartano. A voz macia, era um homem comum sentado na direção de seu carro. Tirei do bolso a caixinha de chicletes, abri devagar sem oferecer. Mastiguei. A camada de açúcar partiu-se, um sopro gelado abriu minha garganta. Engoli o vento para que ficasse ainda mais gelada.
— Não sei. — E quase acrescentei *meu sargento*. Sorri por dentro. — Bom, no começo fiquei um pouco. Depois vi que o senhor estava do meu lado.
— Senhor, não: Garcia, a bagualada toda me chama de Garcia. Luiz Garcia de Souza. Sargento Garcia. — Simulou uma continência, tornou a cuspir, tirando antes o cigarro da boca. — Quer dizer então que tu achou que eu estava do teu lado. — Eu quis dizer qualquer coisa, mas ele não deixou. O carro chegava no fim do morro. — É que logo vi que tu era diferente do resto. — Olhou para mim. Sem frio nem medo, me encolhi no banco. — Tenho que lidar com gente grossa o dia inteiro. Nem te conto. Aí quando aparece um moço mais fino, assim que nem tu, a gente logo vê. — Passou os dedos no bigode. — Então quer dizer que tu vai ser filósofo, é? Mas me conta, qual é a tua filosofia de vida?

– De vida? – Eu mordi o chiclete mais forte, mas o açúcar tinha ido embora. – Não sei, outro dia andei lendo um cara aí. Leibniz, aquele das mônadas, conhece?
– Das o quê?
– As mônadas. É um cara aí, ele dizia que tudo no universo são. Assim que nem janelas fechadas, como caixas. Mônadas, entende? Separadas umas das outras. – Ele franziu a testa, interessado. Ou sem entender nada. Continuei: – Incomunicáveis, entende? Umas coisas assim meio sem ter nada a ver umas com as outras.
– Tudo?
– É, tudo, eu acho. As casas, as pessoas, cada uma delas. Os animais, as plantas, tudo. Cada um, uma mônada. Fechada.
Pisou no freio. Estendi as mãos para a frente.
– Mas tu acredita mesmo nisso?
– Eu acho que.
– Pois pra te falar a verdade, eu aqui não entendo desses troços. Passo o dia inteiro naquele quartel, com aquela bagualada mais grossa que dedo destroncado. E com eles a gente tem é que tratar assim mesmo, no braço, trazer ali no cabresto, de rédea curta, senão te montam pelo cangote e a vida vira um inferno. Não tenho tempo pra perder pensando nessas coisas aí de universo. Mas acho bacana. – A voz amaciou, depois tornou a endurecer. – Minha filosofia de vida é simples: pisa nos outros antes que te pisem. Não tem essas mônicas daí. Mas tu tem muita estrada pela frente, guri. Sabe que idade eu tenho? – Examinou meu rosto. Eu não disse nada. – Pois tenho trinta e três. Do teu tamanho andava por aí meio desnorteado, matando contrabandista na fronteira. O quartel é que me pôs nos eixos, senão tinha virado bandido. A vida me ensinou a ser um cara aberto, admito tudo. Só não aguento comunista. Mas graças a

Deus a revolução já deu um jeito nesse putedo todo. Aprendi a me virar, seu filósofo. A me defender no braço e no grito. – Jogou fora o cigarro. A voz macia outra vez.
– Mas contigo é diferente.
Mastiguei o chiclete com mais força. Agora não passava de uma borracha sem gosto.
– Diferente como?
Ele olhava direto para mim. Embora o vento entrasse pela janela aberta, uma coisa morna tinha se instalado dentro do carro, naquele ar enfumaçado entre ele e eu. Podia haver pontes entre as mônadas, pensei. E mordi a ponta da língua.
– Assim, um moço fino, educado. Bonito. – Fez uma curva mais rápida. O pneu guinchou. – Escuta, tu tem mesmo que ir embora já?
– Agora já, já, não. Mas se eu chegar em casa muito tarde minha mãe fica uma fúria.
Mais duas quadras e chegaríamos no ponto do bonde, em frente ao cinema Castelo. Bem depressa, eu tinha que dizer ou fazer alguma coisa, só não sabia o quê, meu coração galopava esquisito, as palmas das mãos molhadas. Olhei para ele. Continuava olhando para mim. As casas baixas da Azenha passavam amontoadas, meio caídas umas sobre as outras, uma parede rosa, uma janela azul, uma porta verde, um gato preto numa janela branca, uma mulher de lenço amarelo na cabeça, chamando alguém, a lomba do cemitério, uma menina pulando corda, os ciprestes ficando para trás. Estendeu a mão. Achei que ia fazer uma mudança, mas os dedos desviaram-se da alavanca para pousar sobre a minha coxa.
– Escuta, tu não tá a fim de dar uma chegada comigo num lugar aí?
– Que lugar? – Temi que a voz desafinasse. Mas saiu firme.

Aranha lenta, a mão subiu mais, deslizou pela parte interna da coxa. E apertou, quente.
– Um lugar aí. Coisa fina. A gente pode ficar mais à vontade, sabe como é. Ninguém incomoda. Quer?
Tínhamos ultrapassado o ponto do bonde. Bem no fundo, lá onde o riacho encontrava com o Guaíba, só a parte superior do sol estava fora d'água. Devia estar amanhecendo no Japão – antípodas, mônadas –, nessas horas eu sempre pensava assim. Me vinha a sensação de que o mundo era enorme, cheio de coisas desconhecidas. Boas nem más. Coisas soltas feito aqueles reflexos e sombras metidos no meio de outras coisas, como se nem existissem, esperando só a hora da gente ficar ofuscado para sair flutuando no meio do que se podia tocar. Assim: dentro do que se podia tocar, escondido, vivia também o que só era visível quando o olho ficava tão inundado de luz que enxergava esse invisível no meio do tocável. Eu não sabia.
– Me dá um cigarro – pedi. Ele acendeu. Tossi. Meu pai com o cinturão dobrado, agora tu vai me fumar todo esse maço, desgraçado, parece filho de bagaceira. A mão quente subiu mais, afastou a camisa, um dedo entrou no meu umbigo, apertou, juntou-se aos outros, aranha peluda, tornou a baixar, caminhando entre as minhas pernas.
– Claro que quer. Estou vendo que tu não quer outra coisa, guri.
Pegou na minha mão. Conduziu-a até o meio das pernas dele. Meus dedos se abriram um pouco. Duro, tenso, rijo. Quase estourando a calça verde. Moveu-se, quando toquei, e inchou mais. Cavidades-porosas-que--se-enchem-de-sangue-quando-excitadas. Meu primo gritou na minha cara: maricão, mariquinha, quiáquiáquiá. O vento descabelava o verde da Redenção, os coqueiros da

João Pessoa. Mariquinha, maricão, quiáquiáquiá. E não, eu não sabia.
– Nunca fiz isso.
Ele parecia contente.
– Mas não me diga. Nunca? Nem quando era piá? Uma sacanagenzinha ali, na beira da sanga? Nem com mulher? Com china de zona? Não acredito. Nem nunca barranqueou égua? Tamanho homem.
– É verdade.
Diminuiu a marcha. Curvou-se sobre mim.
– Pois eu te ensino. Quer?
Traguei fundo. Uma tontura me subiu pela cabeça. De dentro das casas, das árvores e das nuvens, as sombras e os reflexos guardados espiavam, esperando que eu olhasse outra vez direto para o sol. Mas ele já tinha caído no rio. Durante a noite os pontos de luz dormiam quietos, escondidos, guardados no meio das coisas. Ninguém sabia. Nem eu.
– Quero – eu disse.

3

Vontade de parar, eu tinha, mas o andar era incontrolável, a cabeça em várias direções, subindo a ladeira atrás dele, tu sabe como é, tem sempre gente espiando a vida alheia, melhor eu ir na frente, fica no portão azul, vem vindo devagar, como se tu não me conhecesse, como se nunca tivesse me visto em toda a tua vida. Como se nunca o tivesse visto em toda a minha vida, seguia aquela mancha verde, mãos nos bolsos, cigarro aceso, de repente sumindo portão adentro com um rápido olhar para trás, gancho que me fisgava. Mergulhei na sombra atrás dele. Subi os degraus de cimento, empurrei

a porta entreaberta, madeira velha, vidro rachado, penetrei na sala escura com cheiro de mofo e cigarro velho, flores murchas boiando em água viscosa. – O de sempre, então? – ela perguntava, e quase imediatamente corrigi, dentro da minha própria cabeça, olhando melhor e mais atento, ele, dentro de um robe colorido desses meio estofadinhos, cheio de manchas vermelhas de tomate, batom, esmalte ou sangue. – O senhor, hein, sargento? – piscou íntimo, íntima, para o sargento e para mim. – Esta é a sua vítima?
– Conhece a Isadora?
A mão molhada, cheia de anéis, as longas unhas vermelhas, meio descascadas, como a porta. Apertei. Ela riu.
– Isadora, queridinho. Nunca ouviu falar? Isadora Duncan, a bailarina. Uma mulher finíssima, má-ravilhosa, a minha ídola, eu adoro tanto que adotei o nome. Já pensou se eu usasse o Valdemir que minha mãezinha me deu? Coitadinha, tão bem-intencionada. Mas o nome, ai, o nome. Coisa mais cafona. Aí mudei. Se Deus quiser, um dia ainda vou morrer estrangulada pela minha própria echarpe. Tem coisa mais chique?
– Bacana – eu disse.
O sargento ria, esfregando as mãos.
– Não repare, Isadora. Ele está meio encabulado. Diz-que é a primeira vez.
– Nossa. Taludinho assim. E nunca fez, é, meu bem? Nunquinha, jura pra tia? – A mão no meu ombro, pedra de anel arranhando leve meu pescoço. Revirou os olhos.
– Conta a verdade pra tua Isadora, toda a verdade, nada mais que a verdade. Tu nunca fez, guri? – Tentei sorrir. O canto da minha boca tremeu. Ele falava sem parar, olhinhos meio estrábicos, sombreados de azul. – Mas olha, relaxa que vai dar tudo certinho. Sempre tem uma primeira vez na vida, é um momento histórico, queridinho.

Merece até uma comemoração. Uma cachacinha, sargento? Tem aí daquela divina que o senhor gosta.
– O moço tá com pressa. Isadora piscou maliciosa, os cílios duros de tinta respingando pequenos pontinhos pretos nas faces.
– Pressa, eu, hein? Sei. Não é todo dia que a gente tem carne fresquinha na mesa. De primeira, não é, sargento? – Ele riu. Ela rodou a chave nas mãos e, por um instante, pensei numa baliza na frente de um desfile de Sete de Setembro, jogando para o alto o bastão cheio de fitas coloridas. – Tá bem, tá bem. Vou levar os pombinhos para a suíte nupcial. Que tal o quarto 7? Número de sorte, não? Afinal, a primeira vez é uma só na vida. – Passou por mim, enfiando-se no corredor escuro. – Tenho certeza que o mocinho vai a-do-rar, ficar freguês de caderno. Ninguém esquece uma mulher como Isadora.

O sargento me empurrou. Entre a farda verde e o robe cheio de manchas, o cheiro de suor e perfume adocicado, imprensado no corredor estreito, eu. Isadora cantava *que queres tu de mim que fazes junto a mim se tudo está perdido amor?* Um ruído seco, ferro contra ferro. A cama com lençóis encardidos, um rolo de papel higiênico cor-de-rosa sobre o caixote que servia de mesinha de cabeceira. Isadora enfiou a cabeça despenteada pelo vão da porta.

– Divirtam-se, crianças. Só não gritem muito, senão os vizinhos ficam umas feras.

A cabeça desapareceu. A porta fechou. Sentei na cama, as mãos nos bolsos. Ele foi chegando muito perto. O volume esticando a calça, bem perto do meu rosto. O cheiro: cigarro, suor, bosta de cavalo. Ele enfiou a mão pela gola da minha camisa, deslizou os dedos, beliscou o mamilo. Estremeci. Gozo, nojo ou medo, não saberia. Os olhos dele se contraíram.

– Tira a roupa.

Joguei as peças, uma por uma, sobre o assoalho sujo. Deitei de costas. Fechei os olhos. Ardiam, como se tivesse acordado de manhã muito cedo. Então um corpo pesado caiu sobre o meu e uma boca molhada, uma boca funda feito poço, uma língua ágil lambeu meu pescoço, entrou no ouvido, enfiou-se pela minha boca, um choque seco de dentes, ferro contra ferro, enquanto dedos hábeis desciam por minhas virilhas inventando um caminho novo. *Então que culpa tenho eu se até o pranto que chorei se foi por ti não sei* – a voz de Isadora vinha de longe, como se saísse de dentro de um aquário, Isadora afogada, a maquiagem derretida colorindo a água, a voz aguda misturada aos gemidos, metendo-se entre aquele bafo morno, cigarro, suor, bosta de cavalo, que agora comandava meus movimentos, virando-me de bruços sobre a cama.

O cheiro azedo dos lençóis, senti, quantos corpos teriam passado por ali, e de quem, pensei. Tranquei a respiração. Os olhos abertos, a trama grossa do tecido. Com os joelhos, lento, firme, ele abria caminho entre as minhas coxas, procurando passagem. Punhal em brasa, farpa, lança afiada. Quis gritar, mas as duas mãos se fecharam sobre a minha boca. Ele empurrou, gemendo. Sem querer, imaginei uma lanterna rasgando a escuridão de uma caverna escondida, há muitos anos, uma caverna secreta. Mordeu minha nuca. Com um movimento brusco do corpo, procurei jogá-lo para fora de mim.

– Seu puto – ele gemeu. – Veadinho sujo. Bichinha louca.

Agarrei o travesseiro com as duas mãos, e num arranco consegui deitar novamente de costas. Minha cara roçou contra a barba dele. Tornei a ouvir a voz de Isadora *que mais me podes dar que mais me tens a dar a marca de uma nova dor*. Molhada, nervosa, a língua voltou a entrar no meu ouvido. As mãos agarraram minha cintura. Comprimiu o corpo inteiro contra o meu. Eu podia sentir os pelos molhados do peito dele melando a minha pele. Quis empurrá-lo outra vez, mas entre o pensamento e o gesto ele juntou-se ainda mais a mim, e depois um gemido mais fundo, e depois um estremecimento no corpo inteiro, e depois um líquido grosso morno viscoso espalhou-se pela minha barriga. Ele soltou o corpo. Como um saco de areia úmida jogado sobre mim. A madeira amarela do teto, eu vi. O fio comprido, o bico de luz na ponta. Suspenso, apagado. Aquele cheiro adocicado boiando na penumbra cinza do quarto.

Quando ele estendeu a mão para o rolo de papel higiênico, consegui deslizar o corpo pela beirada da cama, e de repente estava no meio do quarto enfiando a roupa, abrindo a porta, olhando para trás ainda a tempo de vê-lo passar um pedaço de papel sobre a própria barriga, uma farda verde em cima da cadeira, ao lado das botas negras brilhantes, e antes que erguesse os olhos afundei no túnel escuro do corredor, a sala deserta com suas flores podres, a voz de Isadora ainda mais remota, *se até o pranto que chorei se foi por ti não sei*, barulho de copos na cozinha, o vidro rachado, a madeira descascada da porta, os quatro degraus de cimento, o portão azul, alguém gritando alguma coisa, mas longe, tão longe como se eu estivesse na janela de um trem em movimento, tentando apanhar um farrapo de voz na plataforma da estação cada vez mais recuada, sem conseguir juntar os sons em palavras, como uma língua estrangeira, como uma língua molhada nervosa entrando rápida pelo mais secreto de mim para acordar alguma coisa que não devia acordar nunca, que não devia abrir os olhos nem sentir cheiros nem gostos nem tatos, uma coisa que deveria permanecer para sempre surda cega muda naquele mais de dentro de nim, como os reflexos escondidos, que nenhum ofuscamento se fizesse outra vez, porque devia ficar enjaulada amordaçada ali no fundo pantanoso de mim, feito bicho numa jaula fedida, entre grades e ferrugens quieta domada fera esquecida da própria ferocidade, para sempre e sempre assim.

Embora eu soubesse que, uma vez desperta, não voltaria a dormir.

Dobrei a esquina, passei na frente do colégio, sentei na praça onde as luzes recém começavam a acender. A bunda nua da estátua de pedra. Zeus, Zeus ou Júpiter, repeti. Enumerei: Palas-Atena ou Minerva, Posêidon ou Netuno, Hades ou Plutão, Afrodite ou Vênus, Hermes ou Mercúrio. Hermes, repeti, o mensageiro dos deuses, ladrão e andrógino. Nada doía. Eu não sentia nada. Tocando o pulso com os dedos podia perceber as batidas do coração. O ar entrava e saía, lavando os pulmões. Por cima das árvores do parque ainda era possível ver algumas nuvens avermelhadas, o rosa virando roxo, depois cinza, até o azul mais escuro e o negro da noite. Vai chover amanhã, pensei, vai cair tanta e tanta chuva que será como se a cidade toda tomasse banho. As sarjetas, os bueiros, os esgotos levariam para o rio todo o pó, toda a lama, toda a merda de todas as ruas.

Queria dançar sobre os canteiros, cheio de uma alegria tão maldita que os passantes jamais compreenderiam. Mas não sentia nada. Era assim, então. E ninguém me conhecia.

Subi correndo no primeiro bonde, sem esperar que parasse, sem saber para onde ia. Meu caminho, pensei confuso, meu caminho não cabe nos trilhos de um bonde. Pedi passagem, senti, estiquei as pernas. Porque ninguém esquece uma mulher como Isadora, repeti sem entender, debruçado na janela aberta, olhando as casas e os verdes do Bonfim. Eu não o conhecia. Eu nunca o tinha visto em toda a minha vida. Uma vez desperta não voltará a dormir.

    O bonde guinchou na curva. Amanhã, decidi, amanhã sem falta começo a fumar.

Conto do livro *Morangos mofados*.

GAROPABA *MON AMOUR*

(Ao som de "Simpathy for the Devil")

Em Garopaba o céu azul é muito forte.
Não troveja quando o Cristo é colocado na cruz.

Emanuel Medeiros Vieira,
"Garopaba meu amor"

Foram os primeiros a chegar. Durante a noite, o vento sacudindo a lona da barraca, podiam ouvir os gritos dos outros, as estacas de metal violando a terra. O chão amanheceu juncado de latas de cerveja copos de plástico papéis amassados pontas de cigarro seringas manchadas de sangue latas de conserva ampolas vazias vidros de óleo de bronzear bagas bolsas de couro fotonovelas tamancos ortopédicos. Pela manhã sentaram sobre a rocha mais alta, cruzaram as pernas, respiraram sete vezes, profundamente, e pediram nada para o mar batendo na areia.
– Conta.
– Não sei.
(Tapa no ouvido direito.)
– Conta.
– Não sei.

(Tapa no ouvido esquerdo.)
– Conta.
– Não sei.
(Soco no estômago.)
Os homens estavam parados no topo da colina. O mais baixo tirou do bolso alguma coisa metálica, o sol arrancou um reflexo cego. Quando começaram a descer, percebeu que era um revólver. Soube então que procuravam por ele. E não se moveu. Mais tarde não entenderia se masoquismo ou lentidão de reflexos, ou ainda uma obscura crença no inevitável das coisas, conjunções astrais, fatalidade. Por enquanto não. Estava ali no meio das barracas desarmadas e os homens vinham descendo a colina em direção a ele. Havia o mar atrás, algumas rochas. E baías e matas cheias de gatos selvagens e clareiras com raízes arrancando da terra escuras substâncias para transmutá-las através do tronco em flores vermelhas, escancaradas feito feridas sangrentas na extremidade dos galhos. Talvez não houvesse mais tarde agora, pensou ali parado enquanto os homens continuavam descendo a colina em direção a ele e o silêncio dos outros à sua volta gritava que estava perdido.

O vento sacode tanto a barraca que poderia arrancá-la do chão, soprá-la sobre a baía e nos levar pelos ares além das ruínas de Atlântida, continente perdido de Mu, ilha da Madeira, costas da África, ultrapassar o Marrocos, Tunísia, Pérsia, Turquia... (*Mar, o mundo é tão vasto, você consegue imaginar o Afeganistão? de manhã cedo acordar e pensar olhando o teto: estas tábuas deste teto deste quarto foram retiradas duma árvore plantada aqui, nunca pensei que um dia dormiria embaixo dos pedaços de uma árvore afeganistanesa. Até o Nepal, Mar, o vento nos levaria para depositar-nos na praça mais central de Katmandu.*)

— Se eu seguir em frente, seu veado, você pode descansar. Se eu dobrar à direita, seu filho da puta, você pode começar a rezar. Pra onde você acha que eu vou, seu maconheiro de merda?
— Pra onde o senhor quiser. Eu não sei. Não me importa mais.
Em volta há ruídos de pandeiros com fitas coloridas, assobios de flautas, violas e tambores. O vinho corre, os cigarros passam de mão em mão. Nos olhamos dentro dos olhos esverdeados de mar, nos achamos ciganos, suspiramos fundo e damos graças por este ano que se vai e nos encontra vivos e livres e belos e ainda (não sabemos como) fora das grades de um presídio ou de um hospício. Por quanto tempo? Não há mais ruídos de pandeiros, nem fitas coloridas esvoaçam ao vento, nem sopros de flautas se perdem em direção à costa invisível da África. Não corre mais o vinho por nossas bocas secas, nossos dedos de unhas roídas até a carne seguram o medo enquanto os homens revistam as barracas. Nos misturamos confusos, sem nos olhar nos olhos. Evitamos nos encarar — por que sentimos vergonha ou piedade ou uma compreensão sangrenta do que somos e do que tudo é? —, mas, quando os olhos de um esbarram nos olhos do outro, são de criança assustada esses olhos. Cão batido, rabo entre as pernas. Mastigamos em silêncio as chicotadas sobre nossas costas. E os corações de vidro pintado estalam ainda mais alto que as ondas quebrando contra as pedras.
— Conta.
— Não sei.
(Bofetada na face esquerda.)
— Conta.
— Não sei.
(Bofetada na face direita.)

– Conta.
– Não sei.
(Pontapé nas costas.)
Mar veio correndo pelo calçamento antigo na frente da igreja, os braços estendidos em direção a ele. Os morros, os barracos dos pescadores, a casa onde dormiu dom Pedro, o calçamento na frente da igreja. Recusava-se a pisar nos paralelepípedos, os pés nus acomodavam-se melhor ao redondo quente das pedras antigas, absorvendo vibrações perdidas, rodas de carruagem, barra rendada das saias de sinhás-moças, solas cascudas dos pés dos escravos. Mar veio correndo sobre as carruagens, as sinhás-moças, os pés cascudos e pretos. Nos chocaremos agora, no próximo segundo, nossos rostos afundados nos ombros um do outro não dirão nada, e não será preciso: neste próximo abraço deste próximo segundo para onde corro também, os braços abertos, nestas pedras de um tempo morto e mais limpo. Aqui, agora. Quando os olhos de um localizaram os olhos (metal azul) do outro, a mão do homem fechou-se sobre seu ombro – e tudo estava perdido outra vez.

Pouca-vergonha, o dente de ouro e o cabo do revólver cintilando à luz do sol, tenho pena de você. Pouca-vergonha é fome, é doença, é miséria, é a sujeira deste lugar, pouca-vergonha é falta de liberdade e a estupidez de vocês. Pena tenho eu de você, que precisa se sujeitar a esse emprego imundo: eu sou um ser humano decente e você é um verme. Revoltadinha a bicha. Veja como se defende bem. Isso, esconde o saco com cuidado. Se você se descuidar, boneca, faço uma omelete das suas bolas. Se me entregar direitinho o serviço, você está livre agora mesmo. Entregar o quê? Entregar quem? Os nomes, quero os nomes. Confessa. O anel pesado marca a testa, como um sinete. Cabelos compridos emaranhados entre as mãos dos homens. A cadeira quase quebra com a bofetada. Quem sabe uns choquezinhos pra avivar a memória?

Just as every cop is a criminal
And all the sinners saints
As heads are tails just call me Lucifer
Cause I'm in need of some restraint
So if you meet me have some courtesy
Have some simpathy and some taste
Use all your well-learned politesse
Or I'll lay your soul to waste

Mar, ainda não te falei de ontem. Talvez não haja mais tempo. Não sei se sairei vivo. Ontem lavamos na fonte os cabelos um do outro. Depositamos a vela acesa sobre o muro. Pedir o quê, agora, Mar? Se para sempre teremos medo. Da dor física, tapa na cara, fio no nervo exposto do dente. Meu corpo vai ficar marcado pelo roxo das pancadas, não pelo roxo dos teus dentes em minha carne.
– Repete comigo: eu sou um veado imundo.
– Não.
(Tapa no ouvido direito.)
– Repete comigo: eu sou um maconheiro sujo.
– Não.
(Tapa no ouvido esquerdo.)
– Repete comigo: eu sou um filho da puta.
– Não.
(Soco no estômago.)
Luiz delira com malária no quarto. Minerva decepa com gestos precisos a cabeça e a cauda dos peixes. Os gatos rondam. Jair está no mar pescando. Ou na putaria, ela diz. O sono dentro dos barcos, a boia dura machucando a anca (*não te tocar, não pedir um abraço, não*

pedir ajuda, não dizer que estou ferido, que quase morri, não dizer nada, fechar os olhos, ouvir o barulho do mar, fingindo dormir, que tudo está bem, os hematomas no plexo solar, o coração rasgado, tudo bem). Os montes verdes do Siriú do outro lado da baía. Estar outra vez tão perto das pessoas que não ser si-mesmo e sim o ser dos outros, sal do mar roendo as pedras, espinhos cravados na carne macia do tornozelo. Curvo-me para o punhado de algas verdes na palma de tua mão. E respiro.

Paredes caiadas de um branco sujo. O chão de cimento com restos de vômito, merda e mijo. O homem caminha para o fio com a bandeira do Brasil dependurada. Não quero entender. Isso deveria ser apenas uma metáfora, não essa bandeira real, verde-amarela que o homem joga para um canto ao mesmo tempo que seus dedos desencapam com cuidado o fio. Depois caminha suavemente para mim, olhos postos nos meus, um sorriso doce no canto da boca de dentes podres. Da parede, um general me olha imperturbável.

Sleeping-bags, tênis e jeans estendidos sobre a grama. Os livros: Huxley, Graciliano, Castañeda, Artaud, Rubem Fonseca, Galeano, Lucienne Samôr. O morro de bananeiras e samambaias gigantescas. À noite os gatos selvagens saem do mato e vêm procurar restos de peixe na praia. Tua mão roçou de leve meu ombro quando os microfones anunciaram Marly, a mulher dos cabelos de aço e sua demonstração de força capilar. A Roda da Fortuna gira muito depressa: quando estamos em cima os demônios se soltam e afiam suas garras para nos esperar embaixo. A plateia aplaude e espera mais uma acrobacia. (Gilda arremessa no ar a outra barra presa pelo arame.) Os dentes arreganhados do horror depois de cada alegria. Colhemos cogumelos pelos montes e sabemos que o mundo não vale a nossa lucidez. Depois da grande guerra nuclear, um vento soprando as cinzas radioativas sobre os escombros de Sodoma e Gomorra e a voz de Mick Jagger esvoaçando pelos desertos.

Pleased to meet you
Hope you guess my name
But what's puzzlin' you
Is the nature of my game

    Clama por Deus, pelo demônio. As luzes do mar são barcos pescando, não discos voadores. Com Deus me deito com Deus me levanto com a graça de Deus e do Espírito Santo se a morte me perseguir os anjos hão de me proteger, amém. Invoca seus mortos. Os que o câncer levou, os que os ferros retorcidos dos automóveis dilaceraram, os que as lâminas cortaram, os que o excesso de barbitúricos adormeceu para sempre, os que cerraram com força nós em torno de suas gargantas em banheiros fechados dos boqueirões & praças de Munique. E vai entendendo por que os ladrões roubam e por que os assassinos matam e por que alguns empunham armas e mais além vai entendendo também as bombas e também o caos a guerra a loucura e a morte.
    Cruza a pequena ponte de madeira até a praia. A igreja. A casa onde dormira dom Pedro. A colina. Não há mais ninguém no topo da colina. O vento espalha o lixo deixado pelas barracas. Tenta respirar. As costelas doem. Meu pai, precisava te dizer tanto. E não direi nada. Melhor que morras acreditando na justiça e na lei suja dos homens. Mar adentro: dias mais tarde encontrariam suas órbitas de olhos comidos pelos peixes transbordando algas e corais. (*Sentimos coisas incontroláveis, Mar: amor narcótico, amor veneno matando para sempre células nervosas, amor vizinho da loucura, maldito amor de mis-*

entrañas: viva la muerte.) Os olhos secos. Não encontraria Mar. Não choraria. Vai entendendo cada vez mais. Chega bem perto agora. É um ser de espuma nos cantos da boca. Olhos em brasa. Quase toca os cascos rachados. Eu estou satisfeito por encontrar você, sussurra. Enterra os dedos na areia. As unhas cheias de ódio.

Conto do livro *Pedras de Calcutá*.

TERÇA-FEIRA GORDA

Para Luiz Carlos Góes

De repente ele começou a sambar bonito e veio vindo para mim. Me olhava nos olhos quase sorrindo, uma ruga tensa entre as sobrancelhas, pedindo confirmação. Confirmei, quase sorrindo também, a boca gosmenta de tanta cerveja morna, vodca com coca-cola, uísque nacional, gostos que eu nem identificava mais, passando de mão em mão dentro dos copos de plástico. Usava uma tanga vermelha e branca, Xangô, pensei, Iansã com purpurina na cara, Oxaguiã segurando a espada no braço levantado, Ogum Beira-Mar sambando bonito e bandido. Um movimento que descia feito onda dos quadris pelas coxas, até os pés, ondulado, então olhava para baixo e o movimento subia outra vez, onda ao contrário, voltando pela cintura até os ombros. Era então que sacudia a cabeça olhando para mim, cada vez mais perto.

Eu estava todo suado. Todos estavam suados, mas eu não via mais ninguém além dele. Eu já o tinha visto antes, não ali. Fazia tempo, não sabia onde. Eu tinha andado por muitos lugares. Ele tinha um jeito de quem também tinha andado por muitos lugares. Num desses lugares, quem sabe. Aqui, ali. Mas não lembraríamos antes de falar, talvez também nem depois. Só que não havia palavras. Havia o movimento, a dança, o suor, os corpos meu e dele se aproximando mornos, sem querer mais nada além daquele chegar cada vez mais perto. Na minha frente, ficamos nos olhando. Eu também dançava agora, acompanhando o movimento dele. Assim: quadris, coxas, pés, onda que desce, olhar para baixo, voltando pela cintura até os ombros, onda que sobe, então sacudir os cabelos molhados, levantar a cabeça e encarar sorrindo. Ele encostou o peito suado no meu. Tínhamos pelos, os dois. Os pelos molhados se misturavam. Ele estendeu a mão aberta, passou no meu rosto, falou qualquer coisa. O quê, perguntei. Você é gostoso, ele disse. E não parecia bicha nem nada: apenas um cor--po que por acaso era de homem gostando de outro corpo, o meu, que por acaso era de homem também. Eu estendi a mão aberta, passei no rosto dele, falei qualquer coisa. O quê, perguntou. Você é gostoso, eu disse. Eu era apenas um corpo que por acaso era de homem gostando de outro corpo, o dele, que por acaso era de homem também.

Eu queria aquele corpo de homem sambando suado bonito ali na minha frente. Quero você, ele disse. Eu disse quero você também. Mas quero agora já neste instante imediato, ele disse e eu repeti quase ao mesmo tempo também, também eu quero. Sorriu mais largo, uns dentes claros. Passou a mão pela minha barriga. Passei a mão pela barriga dele. Apertou, apertamos. As nossas carnes duras tinham pelos na superfície e músculos sob as peles morenas de sol. Ai-ai, alguém falou em falsete, olha as loucas, e foi embora. Em volta, olhavam.

Entreaberta, a boca dele veio se aproximando da minha. Parecia um figo maduro quando a gente faz com a ponta da faca uma cruz na extremidade mais redonda e rasga devagar a polpa, revelando o interior rosado cheio de grãos. Você sabia, eu falei, que o figo não é uma fruta mas uma flor que abre para dentro. O quê, ele gritou. O figo, repeti, o figo é uma flor. Mas não tinha importância. Ele enfiou a mão dentro da sunga, tirou duas bolinhas num envelope metálico. Tomou uma e me estendeu a outra. Não, eu disse, eu quero minha lucidez de qualquer jeito. Mas estava completamente louco. E queria, como queria aquela bolinha química quente vinda direto do meio dos pentelhos dele. Estendi a língua, engoli. Nos empurravam em volta, tentei protegê-lo com meu corpo, mas ai-ai repetiam empurrando, olha as loucas, vamos embora daqui, ele disse. E fomos saindo colados pelo meio do salão, a purpurina da cara dele cintilando no meio dos gritos.

Veados, a gente ainda ouviu, recebendo na cara o vento frio do mar. A música era só um tumtumtum de pés e tambores batendo. Eu olhei para cima e mostrei olha lá as Plêiades, só o que eu sabia ver, que nem raquete de tênis suspensa no céu. Você vai pegar um resfriado, ele falou com a mão no meu ombro. Foi então que percebi que não usávamos máscara. Lembrei que tinha lido em algum lugar que a dor é a única emoção que não usa máscara. Não sentíamos dor, mas aquela emoção daquela hora ali sobre nós, e eu nem sei se era alegria, também não usava máscara. Então pensei devagar que era proibido ou perigoso não usar máscara, ainda mais no Carnaval.

A mão dele apertou meu ombro. Minha mão apertou a cintura dele. Sentado na areia, ele tirou da sunga mágica um pequeno envelope, um espelho redondo, uma gilete. Bateu quatro carreiras, cheirou duas, me estendeu a nota enroladinha de cem. Cheirei fundo, uma em cada narina. Lambeu o vidro, molhei as gengivas. Joga o espelho pra Iemanjá, me disse. O espelho brilhou rodando no ar, e enquanto acompanhava o voo fiquei com medo de olhar outra vez para ele. Porque se você pisca, quando torna a abrir os olhos o lindo pode ficar feio. Ou vice-versa. Olha pra mim, ele pediu. E eu olhei. Brilhávamos, os dois, nos olhando sobre a areia. Te conheço de algum lugar, cara, ele disse, mas acho que é da minha cabeça mesmo. Não tem importância, eu falei. Ele falou não fale, depois me abraçou forte. Bem de perto, olhei a cara dele, que olhada assim não era bonita nem feia: de poros e pelos, uma cara de verdade olhando bem de perto a cara de verdade que era a minha. A língua dele lambeu meu pescoço, minha língua entrou na orelha dele, depois se misturaram molhadas. Feito dois figos maduros apertados um contra o outro, as sementes vermelhas chocando-se com um ruído de dente contra dente.

Tiramos as roupas um do outro, depois rolamos na areia. Não vou perguntar teu nome, nem tua idade, teu telefone, teu signo ou endereço, ele disse. O mamilo duro dele na minha boca, a cabeça dura do meu pau dentro da mão dele. O que você mentir eu acredito, eu disse, que nem marcha antiga de Carnaval. A gente foi rolando até onde as ondas quebravam para que a água lavasse e levasse o suor e a areia e a purpurina dos nossos corpos. A gente se apertou um contra o outro. A gente queria ficar apertado assim porque nos completávamos desse jeito, o corpo de um sendo a metade perdida do corpo do outro. Tão simples, tão clássico. A gente se afastou um pouco, só para ver melhor como eram bonitos nossos corpos nus de homens estendidos um ao lado do outro, iluminados pela fosforescência das ondas do mar. Plâncton, ele disse, é um bicho que brilha quando faz amor.

E brilhamos.

Mas vieram vindo, então, e eram muitos. Foge, gritei, estendendo o braço. Minha mão agarrou um espaço vazio. O pontapé nas costas fez com que me levantasse. Ele ficou no chão. Estavam todos em volta. Ai-ai, gritavam, olha as loucas. Olhando para baixo, vi os olhos dele muito abertos e sem nenhuma culpa entre as outras caras dos homens. A boca molhada afundando no meio duma massa escura, o brilho de um dente caído na areia. Quis tomá-lo pela mão, protegê-lo com meu corpo, mas sem querer estava sozinho e nu correndo pela areia molhada, os outros todos em volta, muito próximos.

Fechando os olhos então, como um filme contra as pálpebras, eu conseguia ver três imagens se sobrepondo. Primeiro o corpo suado dele, sambando, vindo em minha direção. Depois as Plêiades, feito uma raquete de tênis suspensa no céu lá em cima. E finalmente a queda lenta de um figo muito maduro, até esborrachar-se contra o chão em mil pedaços sangrentos.

Conto do livro Morangos mofados.

ACONTECEU NA PRAÇA XV

Como uma personagem de Tânia Faillace: os restos da escassa dignidade do dia apodreciam entre o cheiro de pastéis, os encontrões e os ônibus da Praça XV. Não era uma personagem de ninguém, embora às vezes, mais por comodismo ou para não sentir-se desamparado como obra de autor anônimo, quisesse achar que sim. Mas à tardinha as dores doíam e o suor cheirava mal embaixo dos braços. À tardinha não tinha a quem recorrer e precisava controlar a vontade de dizer para qualquer alguém, olha, venci mais um. Quando a irritação não era muita, conseguia olhar para os lados pensando que dentro das corridas, dos gritos e dos cheiros havia como olhos que não precisavam se olhar para que uma silenciosa voz coletiva repetisse, olha, venci mais um; e, quando além da não irritação havia também um pouco de bom humor, conseguia até mesmo sorrir e falar qualquer coisa sobre o tempo com alguém da fila. Mas havia os dias molhados, quando as pessoas com capas e guarda-chuvas andavam por baixo das marquises espetando os olhos ou deixando ao desabrigo os sem capa nem guarda-chuva, como ele; mas havia aquelas pessoas que nos ônibus superlotados não sentavam imediatamente no lugar deixado vago, até que duas ou três paradas depois, tão discretamente quanto podia, ignorando grávidas, velhinhos e aleijados, ele se atrevesse a conquistar o banco (lavava muitas vezes as mãos depois de chegar em casa, canos viscosos – estafilococos, miasmas, meningites), embora soubesse que tudo ou nada disso tinha importância; mas havia as latas transbordantes de lixo e os cães sarnentos e os pivetes pedindo um-cruzeirinho-pra-minha-mãe-entrevada, mãos crispadas nas bolsas. O dia se reduzindo à sua exiguidade de ônibus tomados e máquinas batendo telefones cafezinhos pequenas paranoias visitas demoradas ao banheiro para que o tempo passasse mais depressa e o deixasse livre para. Para subir rápido a rua da Praia, atravessar a Borges, descer a galeria Chaves e plantar-se ali, entre o cheiro dos pastéis, gasolina, e o ardido-suor-dos-trabalhadores-do-Brasil, tentava inutilmente dar uma outra orientação ao cansaço despolitizado e à dor seca nas costas, alguém compreenderia? E para que tudo não doesse demais quando não era capaz de, apenas esperando, evitar o insuportável, fazia a si próprio perguntas como: se a vida é um circo, serei eu o palhaço? Às vezes também o domador que coloca a cabeça dentro da boca escancarada do leão, às vezes o equilibrista do arame suspenso no abismo, a bailarina sobre o pônei, e também o engolidor de espadas, e mais a mulher serrada ao meio – e ainda, o quê?

Inesperadamente, ela chegou por trás e afundou os dedos no seu cabelo, coçando-lhe a cabeça como fazia antigamente. Ele voltou-se e afundou os dedos no seu cabelo, coçando-lhe a cabeça como fazia antigamente. Depois os dois se abraçaram e se deram beijos nas duas faces e como duas pessoas que não se veem há muito tempo atropelaram perguntas como: por onde é que tu anda, criatura, ou exclamações como: mas tu não mudou nada, ou reticências tão demoradas que as filas chegavam a deter-se um pouco, as pessoas reclamando e uma hesitação entre mergulhar nas gentes entre um beijo e um me telefona qualquer dia e ficar ali e convidar para qualquer coisa, mas um medo que doesse remexer naquilo, e tão mais fácil simplesmente escapar que chegou a dar dois passos. Ou três. Mas de repente estavam sentados no Chalé com dois chopes um em frente ao outro, e ela dizia que as nuvens pareciam o saiote de uma bailarina de Degas e tinha um céu laranja atrás dos edifícios e uma estrela muito brilhante que ela apontou dizendo que era Vênus e riu quando ele mexeu com ela e disse que podia nascer uma verruga na ponta de seu dedo, e teriam ficado nesse clima por mais tempo se de repente ela não perguntasse se ele não se lembrava de um determinado bar e ele disse que sim e ela risse continuando, sabe que a garçonete nos conhecia tanto que outro dia me perguntou ué, tu não ia casar com aquele moço, e ela dissera que não, que eram apenas amigos. Então ele pediu outro chope e com um ar dramático disse que só se casaria com ela se ela tivesse um bom dote, duas vacas leiteiras, por exemplo, mas ela respondeu rindo que vacas leiteiras não tinha não, mas se servia uma coleção completa de Gênios da Pintura, e ele perguntou se tinha Bosch e Klimt, e ela disse claro, dois fascículos inteiros, e ele disse ah, vou considerar a sua proposta, e ela disse mas não pense que vou me jogar nessa *empreitada* (ele achou engraçado, mas foi assim mesmo que ela disse, acentuando tanto a palavra que ele percebeu que o jeito dela falar não tinha mudado nada, sempre ironizando um pouco o próprio vocábulo e carregando de intenções o que a ela mesma parecia meio ridículo), assim no mais, ela continuou, só caso contigo se tu também tiver um dote *ponderável*. Ele acendeu um cigarro e ela outro e ele viu que ela havia mudado para

Continental com filtro e que antigamente era Minister, Minister, gola rolê preta, olheiras e festivais de filmes *nouvelle vague* no Rex ou no Ópera, e ela *odiava* Godard, só gostava do trecho onde Pierrot le fou sentava numa pedra e Ana Karina vinha caminhando pela praia gritando que se há de fazer, não há nada a fazer, *rien à faire* e assim por diante, até chegar em primeiro plano, e então ele lembrou e disse que tinha as obras completas de Sartre, Simone e Camus, e ela fez hmmmmmm, é uma boa oferta, e se ela lembrava que tinha sido posta para fora da aula de introdução à metafísica depois de dizer que estava mergulhada na fissura ôntica, o nome científico da fossa, e ela lembrava sim. E logo em seguida ele quis falar duma passeata em que tinha apanhado dentro da catedral, e já fazia tanto tempo, todos gritando o-povo--organizado-derruba-a-ditadura-mais-pão-menos-canhão, braços dados, mas não chegou a dizer nada porque ela estava contando que fizera vinte e oito anos semana passada e que tinha ficado completamente louca o dia inteiro, ainda por cima um domingo, e que sentira vontade de escrever um conto que começasse assim, aos vinte e oito anos ela enlouqueceu completamente e de súbito abriu a janela do quarto e pôs-se a dançar nua sobre o telhado gritando muito alto que precisava de espaço, e pediu também um segundo chope enquanto ele achava que era-um-bom-começo-se-ela-soubesse-desenvolver-bem--a-trama, mas ela apagou o cigarro e resmungou que trama, cara, eu não sei desenvolver bosta nenhuma, tenho preguiça de imaginar o que vem depois, uma clínica, por exemplo, e se ele achava possível que um conto fosse só aquilo, uma frase, e ele quis dizer ué, por que não, Mário de Andrade, por exemplo, mas começou a soprar um vento frio e ela falou que tinha também um casaco de peles *imensurável* comprado na Suécia e um vidrinho de patchuli pela metade, ele disse ah, então era esse o cheiro, e ela explicou que era um pouco *audacioso* usar porque quando boto um pouquinho os magrinhos todos na rua vêm perguntar como é que é, tá na mão, magra, tá nas ideia, bicho, eu digo, e riram um pouco até ele dizer que tinha também um pôster de Marilyn Monroe tão amarelado mas tão bonito que um amigo o fizera jurar que deixaria para ele no testamento, então não podia dispor completamente, e sem saber por que lembrou duma charge e falou, mas não se usa mais dizer assim, *é antediluviano*, diz *cartum*, nego, senão tu passa por desatualizado, e ele riu e continuou, um *cartum*, então, onde tinha um palhaço ajoelhado no confessionário aos prantos enquanto o padre atrás da parede de madeira furadinha morria de rir. Foi então que ela perguntou se ele *ainda* continuava com a análise e ele fez que sim com a cabeça, quase dois anos, mas falando em palhaço lembrou a história do circo e quis saber o que ela achava, ela disse que se sentia mais como um *peludo*, e ele achou engraçadíssimo porque fazia uns dez anos que não escutava aquela palavra, chegou a ouvir bem nítido na memória um coro de vozes gritando tá-na-hora-peludo, lonas furadas, daqueles que montam e desmontam o barracão e carregam as garrafas de madeira dos malabaristas e as jaulas das feras e apanham no ar a sombrinha que a bailarina do pônei joga longe antes de equilibrar-se num pé só, e ele pediu outro chope e foi ao banheiro mijar e quando voltou ela estava com um gato no colo sentada numa mesa de dentro, porque lá fora tinha esfriado muito e começava a chover, e ele pensou que se fosse cinema agora poderia haver um *flashback* que mostrasse os dois na chuva recitando Clarice Lispector, *para te morder e para soprar a fim de que eu não te doa demais, meu amor, já que tenho que te doer,* meu Deus, tu decorou até hoje, e o teu cabelo tá caindo, ela falou quando ele se abaixou para apanhar o maço de cigarros e acendeu um, já tem como uma *tonsura*, e ele suspirou sem dizer nada até ela emendar que ficava até legal, dava um ar meio místico, mas ele cortou talvez um pouco bruscamente dizendo pode ser, mas atualmente ando mais pra Freud do que pra Buda ou pra são Francisco de Assis, pois é, nada de sair por aí dando a roupa aos pobres, mas eu tenho também um Atlas celeste e ela acrescentou que no verão sabia reconhecer Orion e Escorpião, e que Escorpião levantava quando Orion já estava deitando na linha do horizonte, e que, *segundo o mito*, Escorpião estava sempre querendo picar o calcanhar do guerreiro, e ele contou que uma vez havia feito um círculo de fogo em torno dum escorpião, mas ele não tinha se suicidado, o sacana, ficou esperando até o fogo apagar e ele achatá-lo com o pé, e que tinha se passado muito tempo, mas por que falar de escorpiões agora, os dois acenderam cigarros, e ela falou que era *inverossímil* pensar que a distância, quer dizer, o tempo que a separava dos dezoito anos era exatamente o mesmo que a separava dos trinta e oito, e tenho também uma luneta, só que quebrada, ele cortou novamente, ah eu estava me esquecendo do disco da Silvinha Telles que também tenho, ela sorriu, como é mesmo o nome? aquele assim *todos acham que eu falo demais, e que ando bebendo demais*, cantarolou, a voz grave, e outro *flashback*, uma madrugada qualquer, cuba-libre e Maysa, *que eu não largo o cigarro*, tá todo riscado, então não interessa, ele afetou um ar de desprezo, logo a melhor faixa, e ela falou tu viu que horror fizeram na pracinha da ponta do Gasômetro, e mais um *flashback*, os dois sem dinheiro para assistir ao Arqui-Samba no Cine Cacique e Nara Leão dizendo *é a parte que te cabe neste latifúndio*, deitados na grama e o barulho do rio limpo, naquele tempo, corta, outro dia fui lá e tinha uma coisa *chocante*, uma porção de gente morando dentro duns canos, e eu me senti tão mal olhando aquilo e de repente me pareceu que, ela olhou bem para ele, mas os dois baixaram a cabeça quase ao mesmo tempo e, começando a despedaçar a caixa de fósforos, ele disse que era incrível assistir como as ruas iam se modificando e de repente uma casa que existia aqui de repente não ocupava mais lugar no espaço, mas apenas na memória, e assim uma porção de coisas, ela completou, e que era como ir perdendo uma memória objetiva e não encontrar fora de si nenhum referencial mais e que. Aí ela olhou o relógio e falou que precisava mesmo ir andando antes que a chuva apertasse e as ruas ficassem alagadas, não sei se tomo um táxi ou uma *gôndola*, e ele chegou a abrir a boca para dizer qualquer coisa e ela perguntou o que foi, perfeitamente calma, a bolsa de couro a tiracolo e nenhuma pintura, como sempre, a fissura ôntica? e ele disse que não era nada, só ia tomar outro chope enquanto os ônibus esvaziavam um pouco mais. Então, por trás, inesperadamente, ela afundou os dedos no seu cabelo, coçando-lhe a cabeça como fazia antigamente, depois saiu depressa enquanto ele acendia outro cigarro e continuava a despedaçar a caixa de fósforos pensando coisas como: ou então o mágico que tira coelhos da cartola, ou ainda o motociclista do Globo da Morte, ou quem sabe estava nos bastidores ou na plateia ao invés de no picadeiro, como se fosse apenas um leitor e não uma personagem nem de Tânia Faillace nem de ninguém.

Conto do livro *Pedras de Calcutá*.

OS SOBREVIVENTES

(Para ler ao som de Ângela Ro-Ro)

Para Jane Araújo, a Magra

Sri Lanka, quem sabe? ela me pergunta, morena e ferina, e eu respondo por que não? mas inabalável ela continua: você pode pelo menos mandar cartões-postais de lá, para que as pessoas pensem nossa, como é que ele foi parar em Sri Lanka, que cara louco esse, hein, e morram de saudade, não é isso que te importa? Uma certa saudade, e você em Sri Lanka, bancando o Rimbaud, que nem foi tão longe, para que todos lamentem ai como ele era bonzinho e nós não lhe demos a dose suficiente de atenção para que ficasse aqui entre nós, palmeiras & abacaxis. Sem parar, abana-se com a capa do disco de Ângela enquanto fuma sem parar e bebe sem parar sua vodca nacional sem gelo nem limão. Quanto a mim, a voz tão rouca, fico por aqui mesmo comparecendo a atos públicos, pichando muros contra usinas nucleares, em plena ressaca, um dia de monja, um dia de puta, um dia de Joplin, uma dia de Teresa de Calcutá, um dia de merda enquanto seguro aquele maldito emprego de oito horas diárias para poder pagar essa poltrona de couro autêntico onde neste exato momento vossa reverendíssima assenta sua preciosa bunda e essa exótica mesinha de centro em junco indiano que apoia nossos fatigados pés descalços ao fim de mais outra semana de batalhas inúteis, fanta-

69

sias escapistas, maus orgasmos e crediários atrasados. Mas tentamos tudo, eu digo, e ela diz que sim, claaaaaaro, tentamos tudo, inclusive trepar, porque tantos livros emprestados, tantos filmes vistos juntos, tantos pontos de vista sociopolíticos existenciais e bababá em comum só podiam era dar mesmo nisso: cama. Realmente tentamos, mas foi uma bosta. Que foi que aconteceu, que foi meu deus que aconteceu, eu pensava depois acendendo um cigarro no outro e não queria lembrar, mas não me saía da cabeça o teu pau murcho e os bicos dos meus seios que nem sequer ficaram duros, pela primeira vez na vida, você disse, eu acreditei, pela primeira vez na vida, eu disse, e não sei se você acreditou. Eu quero dizer que sim, que acreditei, mas ela não para, tanto tesão mental espiritual moral existencial e nenhum físico, eu não queria aceitar que fosse isso: éramos diferentes, éramos melhores, éramos superiores, éramos escolhidos, éramos mais, éramos vagamente sagrados, mas no final das contas os bicos dos meus peitos não endureceram e o teu pau não levantou. Cultura demais mata o corpo da gente, cara, filmes demais, livros demais, palavras demais, só consegui te possuir me masturbando, tinha a biblioteca de Alexandria separando nossos corpos, eu enfiava fundo o dedo na buceta noite após noite e pedia mete fundo, coração, explode junto comigo, me fode, depois virava de bruços e chorava no travesseiro, naquele tempo ainda tinha culpa nojo vergonha, mas agora tudo bem, o *Relatório Hite* liberou a punheta. Não que fosse amor de menos, você dizia depois, ao contrário, era amor demais, você acreditava mesmo nisso? naquele bar infecto onde costumávamos afogar nossas impotências em baldes de lirismo juvenil, imbecil, e eu disse não, meu bem, o que acontece é que como bons-intelectuais--pequeno-burgueses o teu negócio é homem e o meu é mulher, podíamos até formar um casal incrível, tipo aquela amante de Virginia Woolf, como era mesmo o nome da fanchona? Vita, isso, Vita Sackville-West e o veado do marido dela, ora não se erice, queridinho, não tenho nada contra veados não, me passa a vodca, o quê? e eu lá tenho grana para comprar wyborowas? não, não tenho nada contra lésbicas, não tenho nada contra decadentes em geral, não tenho nada contra qualquer coisa que soe a: uma tentativa. Eu peço um cigarro e ela me atira o maço na cara como quem joga um tijolo, ando angustiada demais, meu amigo, palavrinha antiga essa, a velha *angst*, saco, mas ando, ando, mais de duas décadas de convívio cotidiano, tenho uma coisa apertada aqui no meu peito, um sufoco, uma sede, um peso, ah não me venha com essas histórias de atraiçoamos-todos-os-nossos-ideais, eu nunca tive porra de ideal nenhum, eu só queria era salvar a minha, veja só que coisa mais individualista elitista capitalista, eu só queria era ser feliz, cara, gorda, burra, alienada e completamente feliz. Podia ter dado certo entre a gente, ou não, eu nem sei o que é dar certo, mas naquele tempo você ainda não tinha se decidido a dar o rabo nem eu a lamber buceta, ai que gracinha nossos livrinhos de Marx, depois Marcuse, depois Reich, depois Castañeda, depois Lang embaixo do braço, aqueles sonhos tolos colonizados nas cabecinhas idiotas, bolsas na Sorbonne, chás com Simone e Jean-Paul nos 50 em Paris, 60 em Londres ouvindo *here comes the sun here comes the sun little darling,* 70 em Nova York disco--music no Studio 54, 80 a gente aqui mastigando esta coisa porca sem conseguir engolir nem cuspir fora nem esquecer esse azedo na boca. Já li tudo, cara, já tentei macrobiótica psicanálise drogas acupuntura suicídio ioga dança natação cooper astrologia patins marxismo candomblé boate gay ecologia, sobrou só esse nó no peito, agora faço o quê? não é plágio do Pessoa não, mas em cada canto do meu quarto tenho uma imagem de Buda, uma de mãe Oxum, outra de Jesusinho, um pôster de Freud, às vezes acendo vela, faço reza, queimo incenso, tomo banho de arruda, jogo sal grosso nos cantos, não te peço solução nenhuma, você vai curtir os seus nativos em Sri Lanka depois me manda um cartão-postal contando qualquer coisa como ontem à noite, na beira do rio, deve haver uma porra de rio por lá, um rio lodoso, cheio de juncos sombrios, mas ontem na beira do rio, sem planejar nada, de repente, sabe, por acaso, encontrei um rapaz de tez azeitonada e olhos oblíquos que. Hein? claro que deve haver alguma espécie de dignidade nisso tudo, a questão é onde, não nesta cidade escura, não neste planeta podre e pobre, dentro de mim? ora não me venhas com autoconhecimentos-redentores, já sei tudo de mim, tomei mais de cinquenta ácidos, fiz seis anos de análise, já pirei de clínica, lembra? você me levava maçãs argentinas e fotonovelas italianas, Rossana Galli, Franco Andrei, Michela Roc, Sandro Moretti, eu te olhava entupida de mandrix e babava soluçando perdi minha alegria, anoiteci, roubaram minha esperança, enquanto você, solidário & positivo, apertava meu ombro com sua mão apesar de tudo viril repetindo reage, *companheira*, reage, a causa precisa dessa tua cabecinha privilegiada, teu potencial criativo, tua lucidez libertária e bababá bababá. As pessoas se transformavam em cadáveres decompostos à minha frente, minha pele era triste e suja, as noites não terminavam nunca, ninguém me tocava, mas eu reagi, despirei, voltei a isso que dizem que é o normal, e cadê a causa, meu, cadê a luta, cadê o po-ten-ci-al criativo? Mato, não mato, atordoo minha sede com sapatinhas do Ferro's Bar ou encho a cara sozinha aos sábados esperando o telefone tocar, e nunca toca, neste apartamento que pago com o suor do po-ten-ci-al criativo da bunda que dou oito horas diárias para aquela multinacional fodida. Mas, eu quero dizer, e ela me corta mansa, claro que você não tem culpa, coração, caímos exatamente na mesma ratoeira, a única diferença é que você pensa que pode escapar, e eu quero chafurdar na dor deste ferro enfiado fundo na minha garganta seca que só umedece com vodca, me passa o cigarro, não, não estou desesperada, não mais do que sempre estive, *nothing special, baby,* não estou louca nem bêbada, estou é lúcida pra caralho e sei claramente que não tenho nenhuma saída, ah não se preocupe, meu bem, depois que você sair tomo banho frio, leite quente com mel de eucalipto, ginseng e lexotan, depois deito, depois durmo, depois acordo e passo uma semana a banchá e arroz integral, absolutamente santa, absolutamente pura, absolutamente limpa, depois tomo outro porre, cheiro cinco gramas, bato o carro numa esquina ou ligo para o CVV às quatro da madrugada e alugo a cabeça dum panaca qualquer choramingando coisas tipo preciso-tanto-uma-razão--para-viver-e-sei-que-essa-razão-só-está-dentro-de-mim--bababá-bababá e me lamurio até o sol pintar atrás daqueles edifícios sinistros, mas não se preocupe, não vou tomar nenhuma medida drástica, a não ser continuar, tem coisa mais autodestrutiva do que insistir sem fé nenhuma? Ah, passa devagar a tua mão na minha cabeça, toca meu coração com teus dedos frios, eu tive tanto amor um dia, ela para e pede, preciso tanto tanto tanto, cara, eles não me permitiram ser a coisa boa que eu era, eu então estendo o braço e ela fica subitamente pequenina apertada contra meu peito, perguntando se está mesmo muito feia e meio puta e velha demais e completamente bêbada, eu não tinha estas marcas em volta dos olhos, eu não tinha estes vincos em torno da boca, eu não tinha este jeito de sapatão cansado, e eu repito que não, que nada, que ela está linda assim, desgrenhada e viva, ela pede que eu coloque uma música e escolho ao acaso o *Noturno número dois em mi bemol* de Chopin, eu quero deixá-la assim, dormindo no escuro sobre este sofá amarelo, ao lado das papoulas quase murchas, embalada pelo piano remoto como uma canção de ninar, mas ela se contrai violenta e pede que eu ponha Ângela outra vez, e eu viro o disco, amor meu grande amor, caminhamos tontos até o banheiro onde sustento sua cabeça para que vomite, e sem querer vomito junto, ao mesmo tempo, os dois abraçados, fragmentos azedos sobre as línguas misturadas, mas ela puxa a descarga e vai me empurrando para a sala, para a porta, pedindo que me vá, e me expulsa para o corredor repetindo não se esqueça então de me mandar aquele cartão de Sri Lanka, aquele rio lodoso, aquela tez azeitonada, que aconteça alguma coisa bem bonita com você, ela diz, te desejo uma fé enorme, em qualquer coisa, não importa o quê, como aquela fé que a gente teve um dia, me deseja também uma coisa bem bonita, uma coisa qualquer maravilhosa, que me faça acreditar em tudo de novo, que nos faça acreditar em tudo outra vez, que leve para longe da minha boca este gosto podre de fracasso, este travo de derrota sem nobreza, não tem jeito, companheiro, nos perdemos no meio da estrada e nunca tivemos mapa algum, ninguém dá mais carona e a noite já vem chegando. A chave gira na porta. Preciso me apoiar contra a parede para não cair. Por trás da madeira, misturada ao piano e à voz rouca de Ângela, nem que eu rastejasse até o Leblon, consigo ouvi-la repetindo e repetindo que tudo vai bem, tudo continua bem, tudo muito bem, tudo bem. *Axé, axé, axé!* eu digo e insisto até que o elevador chegue *axé, axé, axé, odara!*

Conto do livro *Morangos mofados.*

AO SIMULACRO DA *IMAGERIE*

Lo que importa es la no-ilusión. La mañana nace.

Frida Kahlo, *Diários*

O céu tão azul lá fora, e aquele mal-estar aqui dentro. Fora: quase novembro, a ventania de primavera levando para longe os últimos maus espíritos do inverno, cheiro de flores em jardins remotos, perfume das primeiras mangas maduras, morangos perdidos entre o monóxido de carbono dos automóveis entupindo as avenidas. Dentro: a fila que não andava, ar-condicionado estragado, senhoras gordas atropelando os outros pelos corredores estreitos sem pedir desculpas, seus carrinhos abarrotados, mortíferos feito tanques, criancinhas cibernéticas berrando pelos bonecos intergalácticos, caixas lentas, mal-educadas, mal-encaradas. E o suor e a náusea e a aflição de todos os supermercados do mundo nas manhãs de sábado.

Ela olhou as próprias compras; bolachas-d'água-e-sal, água com gás, arroz integral e, num surto de extravagância, um pote de geleia de pêssegos argentinos. "Duraznos", repetiu encantada. Gostava de sonoridades. E não tinha mãos livres para se abanar. E a mulher de pele repuxada amontoara no balcão seus víveres, dois carrinhos transbordantes de colesterol e *sugar blues*. Ela suspirou. E olhou para cima, de onde a espiava uma câmara de TV, como se fosse uma ladra em potencial, e olhou também as prateleiras dos lados do corredor polonês onde estava encurralada e viu montanhas de pacotes plásticos com jujubas verdes, rosa e amarelas, biscoitos com sabor de bacon, cebola, presunto, queijo. E latas, pilhas de latas. Suspirou outra vez, suspirava muito, e voltou a olhar para fora, para além das cabeças. Continuava o céu azul tão claro e raro naquela cidade odiosa. Mas aqui dentro ela só conseguia tirar um pé da sandália havaiana – era sábado, "danem-se", ela era assim mesmo – para apoiar os dedos de unhas muito curtas, sem pintura, sobre o outro pé. Feito uma garça, ela, pousada no meio do charco açucarado. A saia larga indiana estampada de muitas cores até os tornozelos, a blusa solta de seda branca sem mangas, o dinheiro contado escondido no bolso sobre o seio esquerdo. O pé inchado, balançou-o no ar para ativar a circulação. E se alguém olhasse para ela assim, sem ver o pé inchado escondido pela saia larga, diria ser perneta, pobre moça, toda desgrenhada, essas roupas meio hippie amassadas e ainda por cima perneta. Perneta, equilibrista, não se apoiava em nada nem ninguém, sem muletas ou bengala. "Danem-se", repetiu olhando enfrentativa em volta. Mas "danem-se" não era suficiente para aquela gentalha. Então rosnou: "Fodam-se!" em voz baixa, mas com ódio suficiente, exclamação, maiúscula e tudo. Ficou mais serena depois, embora exausta, desaforada e sem toxinas, a moça-garça.

    Foi então que o viu na fila ao lado, já passando pela caixa. Não estava mais gordo, não no rosto pelo menos, nem mais calvo. Mas havia no corpo magro uma estranha barriga que parecia artificial. E rodas de suor nas axilas, manchando o tecido sintético da camisa branca social de manga comprida. Sem jeito, sem vê-la, ele tentava enfiar as compras nas sacolas de plástico, e enviesando a cabeça ela investigou curiosa: vodca, uísque, campári, pilhas de salgadinhos plásticos, maionese, margarina, pacotes de jornal com cruas linguiças sangrentas, outro carrinho cheio até as bordas de latas de cerveja, queijo, patê – seria uma festa? –, mais latas, muitas latas, seleta de legumes, massa de tomate, atum. As sacolas furavam, latas despencavam pelo chão, ele curvava-se para apanhá-las tentando assinar o cheque, e ninguém o ajudava. Ele era um homem que conhecera havia muito tempo, quando ainda não era esse urbanoide naquele supermercado mas apenas um quase jovem recém-chegado de anos de exílio político no Chile, Argélia, depois a pós-graduação em Paris, em algum assunto que ela não lembrava direito. Só sabia que ele o tempo todo falava num certo simulacro de uma tal *imagerie*, as pernas cruzadas no sofá forrado de algodãozinho estampado de lilás e malva da sala do apartamento dela, as pernas apertadas com força protegendo as bolas, como se ela estivesse sempre a ponto de violentá-lo no segundo seguinte, falando e falando sem parar em Lacan e Althusser e Derrida e Baudrillard, principalmente Jean Baudrillard, enquanto ela se ocupava em servir mais vinho branco seco gelado com pistache, contemplar as rosas amarelas no centro da mesa e comover-se a admirá-lo, assim jovem, assim estrangeiro no próprio país, assim aterrorizado com qualquer possibilidade do toque de outro humano em sua branca pele triste sem amor vinda do exílio.

"Você sabe viver", dizia ele. Ela sorria modesta, mais sarcástica do que lisonjeada. Mal sabia ele do quanto, entre as traduções do alemão, ela mourejava feito negra passando panos com álcool nas paredes, aspiradores nos tapetes, recolhendo cortinas para a lavanderia, trocando lençóis todo santo dia, lavando louça com as próprias mãos avermelhadas que olhava melancólica quando ele dizia essas coisas, ensaboando no tanque roupa quase sempre branca, quase sempre seda, que não tinha nem teria jamais máquina, picando cenouras, rabanetes e beterrabas para saladas cruas, remexendo em panelas de barro com colher de pau, odiava micro-ondas, para sempre e sempre exausta de tudo aquilo. Seu único consolo era a fita com Astrud Gilberto e Chet Baker sempre cantando búdicos ao fundo.

Limpa, ordenada, trabalhadeira, aquela mulher, todo dia. E morta de cansaço e amor sem esperanças por aquele homem que não a via nem veria jamais como realmente era, nem a tocaria nunca. Admirava-a para não precisar tocá-la. Conferia-lhe uma superioridade que ela não possuía para não ter que beijá-la. Dissimulado, songamonga, recolhia nomes, telefones, endereços de pessoas e lugares provavelmente úteis algum dia para a Árdua Tarefa de Subir na Vida, vampirizava cada um dos amigos dela, sobretudo os que detinham alguma espécie de poder, editores, políticos, jornalistas, donos de galerias de arte, cineastas, fiadores, produtores. Sedutor, insidioso, irresistível – "Vamos jantar uma hora dessas", insinuava ambíguo para todo mundo. Durante três anos. Nunca lhe dera um orgasmo. Nunca deitara nu ao lado dela na cama, nua também. No máximo sussurrava doçuras tipo: "Fica agora assim por favor parada contra essa janela de vidro que a luz do entardecer está batendo nos seus cabelos e eu quero guardar para sempre na memória esta imagem de você assim tão linda".

Não, ela não era tola. Mas como quem não desiste de anjos, fadas, cegonhas com bebês, ilhas gregas e happy ends cinderelescos, ela queria acreditar. Até a noite súbita em que não conseguiu mais. E jogou copos de uísque na cara dele, ligou bêbada de madrugada durante dias, deixou recados terríveis na secretária eletrônica ameaçando suicídio, assassinato, processo, chamando-o de ladrão, "Quero porque quero minhas fitas de

Astrud e Chet de volta, sua bicha broxa", bem bruta e irracional repetindo o que seu analista, também exausto de tudo aquilo, dissera não especificamente sobre ele, mas sobre todos os homens do mundo: homossexual enrustido que não deu o cu até os trinta e cinco anos vira mau-caráter, minha filha. Ele tinha trinta e sete quando se conheceram. Agora quantos mesmo? Uns quarenta e três ou quarenta e quatro, era de Libra, daquele tipo que não sabe a hora de nascimento. E aquela barriga nojenta, aquele Ar de Quem Venceu na Vida, aquela camisa sintética, as rodas de suor, as calças Zoomp com pregas, as bolsas de plástico barato do super, três ou quatro em cada mão, saindo torto e quase gordo do supermercado.

Atrás dela, na fila, alguém empurrou-a com o carrinho. A caixa esperava com ar entediado e sotaque paraíba: "É cheque, cartão ou dinheiro, quéééérida?". "Dinheiro", ela disse. E jogou sobre o balcão a nota retorcida, como se fosse uma serpente viva. Depois pegou as poucas compras e caiu fora. *Ausgang!*

Lá fora o vento bateu em sua saia longa, fazendo-a voar. "Estou sem calcinha", ela lembrou. E pensou em Carmen Miranda. Mas deixou que voasse e voasse. Respirou fundo. Morangos, mangas maduras, monóxido de carbono, pólen, jasmins nas varandas dos subúrbios. O vento jogou seus cabelos ruivos sobre a cara. Sacudiu a cabeça para afastá-los e saiu andando lenta em busca de uma rua sem carros, de uma rua com árvores, uma rua em silêncio onde pudesse caminhar devagar e sozinha até em casa. Sem pensar em nada, sem nenhuma amargura, nenhuma vaga saudade, rejeição, rancor ou melancolia. Nada por dentro e por fora além daquele quase-novembro, daquele sábado, daquele vento, daquele céu azul – daquela não dor, afinal.

Conto do livro *Estranhos estrangeiros*.

UMA HISTÓRIA DE BORBOLETAS

*Porque quando se é branco como o fênix branco
e os outros são pretos, os inimigos não faltam.*

Antonin Artaud, citado por Anaïs Nin, em
"Je suis le plus malade des surréalistes"

André enlouqueceu ontem à tarde. Devo dizer que também acho um pouco arrogante de minha parte dizer isso assim – *enlouqueceu* –, como se estivesse perfeitamente seguro não só da minha própria sanidade mas também da minha capacidade de julgar a sanidade alheia. Como dizer, então? Talvez: *André começou a comportar-se de maneira estranha*, por exemplo? ou: *André estava um tanto desorganizado*; ou ainda: *André parecia muito necessitado de repouso.* Seja como for, depois de algum tempo, e aos poucos, tão lentamente que apenas ontem à tarde resolvi tomar essa providência, André – desculpem a minha audácia ou arrogância ou empáfia ou como queiram chamá-la, enfim: André enlouqueceu completamente.

Pensei em levá-lo para uma clínica, lembrava vagamente de ter visto no cinema ou na televisão um lugar cheio de verde e pessoas muito calmas, distantes e um pouco pálidas, com o olhar fora do mundo, lendo ou recortando figurinhas, cercadas por enfermeiras simpáticas, prestativas. Achei que André seria feliz lá. E devo dizer ainda que gostaria de vê-lo feliz, apesar de tudo o que me fez sofrer nos últimos tempos. Mas bastou uma olhada no talão de cheques para concluir que não seria possível.

Então optei pelo hospício. Sei, parece um pouco duro dizer isso assim, desta maneira tão seca: então--optei-pelo-hospício. As palavras são muito traiçoeiras. Para dizer a verdade, não optei propriamente. Apenas: 1º) eu tinha pouquíssimo dinheiro e André menos ainda, isto é, nada, pois deixara de trabalhar desde que as borboletas começaram a nascer entre seus cabelos; 2º) uma clínica custa dinheiro e um hospício é de graça. Além disso, esses lugares como aquele que vi no cinema ou na televisão ficam muito retirados – na Suíça, acho –, e eu não poderia visitá-lo com tanta frequência como gostaria. O hospício fica aqui perto. Então, depois desses esclarecimentos, repito: optei pelo hospício.

André não opôs resistência nenhuma. Às vezes chego a pensar que ele sempre soube que, de uma forma ou outra, fatalmente acabaria assim. Portanto, coloquei-o num táxi, depois desembarcamos, atravessamos o pátio e, na portaria, o médico de plantão nem sequer fez muitas perguntas. Apenas nome, endereço, idade, se já tinha estado lá antes, essas coisas – ele não dizia nada e eu precisei ir respondendo, como se o louco fosse eu e não ele. Ah: nem por um minuto o médico duvidou da minha palavra. Pensei até que, se André não estivesse realmente louco e eu dissesse que sim, bastaria isso para que ficasse por lá durante muito tempo. Mas a cara dele não enganava ninguém – sem se mover, sem dizer nada, aqueles olhos parados, o cabelo todo em desordem.

Quando dois enfermeiros iam levá-lo para dentro eu quis dizer mais alguma coisa, mas não consegui. Ele ficou ali na minha frente, me olhando. Não me olhando propriamente, havia muito tempo não olhava mais para nada – seus olhos pareciam voltados para dentro, ou então era como se transpassassem as pessoas ou os objetos para ver, lá no fundo deles, uma coisa que nem eles próprios sabiam de si mesmos. Eu me sentia mal com esse olhar, porque era um olhar muito... muito *sábio*, para ser franco. Completamente insano, mas extremamente sábio. E não é nada agradável ter em cima de você, o tempo todo, na sua própria casa, um olhar desses, assim trans-in--lúcido. Mas de repente seus olhos pareceram piscar, mas não devem ter piscado – devo esclarecer que, para mim, piscar é uma espécie de vírgula que os olhos fazem quando querem mudar de assunto. Sem piscar, então, os olhos dele piscaram por um momento e voltaram daquele mundo para onde André se havia mudado sem deixar endereço. E me olharam os olhos dele. Não para uma coisa minha que nem eu mesmo via, nem através de mim, mas para mim mesmo *fisicamente*, quero dizer: para este par de órgãos gelatinosos situados entre a testa e o nariz – meus olhos, para ser mais objetivo.

    André olhou bem nos meus olhos, como havia muito não fazia, e fiquei surpreso e tive vontade de dizer ao médico de plantão que era tudo um engano, que André estava muito bem, pois se até me olhava nos olhos como se me visse, pois se recuperara aquela expressão atenta e quase amiga do André que eu conhecia e que morava comigo, como se me compreendesse e tivesse qualquer coisa assim como uma vontade de que tudo desse certo para mim, sem nenhuma mágoa de que eu o tivesse levado para lá. Como se me perdoasse, porque a culpa não era minha, que estava lúcido, nem tampouco dele, que enlouquecera. Quis levá-lo de volta comigo para casa, despi-lo e lambê-lo como fazia antigamente, mas

havia aquele monte de papéis assinados e cheios de *x* nos quadradinhos onde estava escrito *solteiro, masculino, branco*, coisas assim, os enfermeiros esperando ali do lado, já meio impacientes – tudo isso me passou pela cabeça enquanto o olhar de André pousava sobre mim e sua voz dizia:*
– Só se pode encher um vaso até a borda. Nem uma gota a mais. Então vim embora. Os enfermeiros seguraram seus braços e o levaram para dentro. Havia alguns outros loucos espiando pela janela. Eram feios, sujos, alguns desdentados, as roupas listradinhas, encardidas, fedendo – e eu tive medo de um dia voltar para encontrar André assim como eles: feio, sujo, desdentado, a roupa listradinha, encardida e fedendo. Pensei que o médico ia colocar a mão no meu ombro para depois dizer *coragem, meu velho*, como tenho visto no cinema. Mas ele não fez nada disso. Baixou a cabeça sobre o monte de papéis como se eu já não estivesse ali, dei meia-volta sem dizer nada do que eu queria dizer – que cuidassem bem dele, que não o deixassem subir no telhado, recortar figurinhas de papel o dia inteiro ou retirar borboletas do meio dos cabelos como costumava fazer. Atravessei devagar o pátio cheio de loucos tristes, hesitei no portão de ferro, depois resolvi voltar a pé para casa.

Era de tardezinha, estava horrível na rua, com todos aqueles automóveis, aquelas pessoas desvairadas, as calçadas cheias de merda e lixo, eu me sentia mal e muito culpado. Quis conversar com alguém, mas me afastara tanto de todos depois que André enlouquecera, e aquele olhar dele estava me rasgando por dentro, eu tinha a impressão de que o meu próprio olhar tinha se tornado

---

(*) *Tao Te-ching*: Lao-Tsé.

como o dele, e de repente já não era apenas uma impressão. Quando percebi, estava olhando para as pessoas como se soubesse alguma coisa delas que nem elas mesmas sabiam. Ou então como se as transpassasse. Eram bichos brancos e sujos. Quando as transpassava, via o que tinha sido antes delas – e o que tinha sido antes delas era uma coisa sem cor nem forma, eu podia deixar meus olhos descansarem lá porque eles não precisavam preocupar-se em dar nome ou cor ou jeito a nenhuma coisa – era um branco liso e calmo. Mas esse branco liso e calmo me assustava e, quando tentava voltar atrás, começava a ver nas pessoas o que elas não sabiam de si mesmas, e isso era ainda mais terrível. O que elas não sabiam de si era tão assustador que me sentia como se tivesse violado uma sepultura fechada havia vários séculos. A maldição cairia sobre mim: ninguém me perdoaria jamais se soubesse que eu ousara.

Mas alguma coisa em mim era mais forte que eu, e não conseguia evitar de ver e sentir atrás e além dos sujos bichos brancos, então soube que todos eles na rua e na cidade e no país e no mundo inteiro sabiam que eu estava vendo exatamente daquela maneira, e de repente também já não era mais possível fingir nem fugir nem pedir perdão ou tentar voltar ao olhar anterior – e tive certeza de que eles queriam vingança, e no momento em que tive certeza disso, comecei a caminhar mais depressa para escapar, e Deus, Deus estava do meu lado: na esquina havia um ponto de táxi, subi num, mandei tocar em frente, me joguei contra o banco, fechei os olhos, respirei fundo, enxuguei na camisa as palmas visguentas das mãos. Depois abri os olhos para observar o motorista (prudentemente, é claro). Ele me vigiava pelo espelho retrovisor. Quando percebeu que eu percebia, desviou os olhos e ligou o rádio. No rádio, uma voz disse assim:

Senhoras e senhores, são seis horas da tarde. Apertem os cintos de segurança e preparem suas mentes para a decolagem. Partiremos em breve para uma longa viagem sem volta. Atenção, vamos começar a contagem regressiva: dez-nove-oito-sete-seis-cinco... Antes que dissesse *quatro*, soube que o motorista era um deles. Mandei-o parar, paguei e desci. Não sei como, mas estava justamente em frente à minha casa. Entrei, acendi a luz da sala, sentei no sofá.

A casa quieta sem André. Mesmo com ele ali dentro, nos últimos tempos a casa era sempre quieta: permanecia em seu quarto, recortando figurinhas de papel ou encostado na parede, os olhos olhando daquele jeito, ou então em frente ao espelho, procurando as borboletas que nasciam entre seus cabelos. Primeiro remexia neles, afastava as mechas, depois localizava a borboleta, exatamente como um piolho. Num gesto delicado, apanhava-a pelas asas, entre o polegar e o indicador, e jogava-a pela janela. *Essa era das azuis* – costumava dizer, ou *essa era das amarelas* ou qualquer outra cor. Em seguida saía para o telhado e ficava repetindo uma porção de coisas que eu não entendia. De vez em quando aparecia uma borboleta negra. Então tinha violentas crises, assustava-se, chorava, quebrava coisas, acusava-me. Foi na última borboleta negra que resolvi levá-lo para o tal lugar verde e, mais tarde, para o hospício mesmo. Ele quebrou todos os móveis do quarto, depois tentou morder-me, dizendo que a culpa era minha, que era eu quem colocava as borboletas negras entre seus cabelos, enquanto dormia. Não era verdade. Enquanto dormia, eu às vezes me aproximava para observá-lo. Gostava de vê-lo assim, esquecido, os pelos claros do peito subindo e descendo sobre o coração. Era quase como o André que eu conhecera antes, aquele que mordia meu pescoço com fúria nas noites suadas de antigamente. Uma vez cheguei a passar os dedos nos seus cabelos. Ele despertou bruscamente e me olhou horrorizado, segurou meu pulso com força e disse que agora eu não poderia mais fingir que não era eu, que tinha me surpreendido no momento exato da traição. Era assim, havia muito tempo, eu estava fatigado e não compreendia mais.

Mas agora a casa estava sem André. Fui até o banheiro atulhado de roupas sujas, a torneira pingando, a cozinha com a pia transbordando pratos e panelas de muitas semanas, a janela de cortinas empoeiradas e o cheiro adocicado do lixo pelos cantos, depois resolvi tomar coragem e ir até o quarto dele. André não estava lá, claro. Apenas as revistas espalhadas pelo chão, a tesoura, as figurinhas entre os cacos dos móveis quebrados. Apanhei a tesoura e comecei a recortar algumas figurinhas. Inventava histórias enquanto recortava, dava-lhes profissões, passados, presentes, futuros era mais difícil, mas dava-lhes também dores e alguns sonhos. Foi então que senti qualquer coisa como uma comichão entre os cabelos, como se algo brotasse de dentro do meu cérebro e furasse as paredes do crânio para misturar-se com os cabelos. Aproximei-me do espelho, procurei. Era uma borboleta. Das azuis, verifiquei com alegria. Segurei-a entre o polegar e o indicador e soltei-a pela janela. Esvoa-çou por alguns segundos, numa hesitação perfeitamente natural, já que nunca antes em sua vida estivera sobre um telhado. Quando percebi isso, subi na janela e alcancei as telhas para aconselhá-la:

— É assim mesmo — eu disse. — O mundo fora de minha cabeça tem janelas, telhados, nuvens, e aqueles bichos brancos lá embaixo. Sobre eles não te detenhas demasiado, pois correrás o risco de transpassá-los com o olhar ou ver neles o que eles próprios não veem, e isso seria tão perigoso para ti quanto para mim violar sepulcros seculares, mas, sendo uma borboleta, não será muito difícil evitá-lo: bastará esvoaçar sobre as cabeças, nunca pousar nelas, pois pousando correrás o risco de ser novamente envolvida pelos cabelos e reabsorvida pelos cérebros pantanosos e, se isso for inevitável, por descuido ou aventura, não deverás te torturar demasiado, de nada adiantaria, procura acalmar-te e deslizar para dentro dos tais cérebros o mais suavemente possível, para não seres triturada pelas arestas dos pensamentos, e tudo é natural, basta não teres medos excessivos – trata-se apenas de preservar o azul das tuas asas.

Pareceu tranquilizada com meus conselhos, tomou impulso e partiu em direção ao crepúsculo. Quando me preparava para dar volta e entrar novamente no quarto, percebi que os vizinhos me observavam. Não dei importância a isso, voltei às figurinhas. E novamente começou a acontecer a mesma coisa: algo como um borbulhar, o espelho, a borboleta (essa era das roxas), depois a janela, o telhado, os conselhos. E os vizinhos e as figurinhas outra vez. Assim durante muito tempo.

Já não era mais de tardezinha quando apareceu a primeira borboleta negra. No mesmo momento em que meu indicador e polegar tocaram suas asinhas viscosas, meu estômago contraiu-se violentamente, gritei e quebrei o objeto mais próximo. Não sei exatamente o quê, sei apenas do ruído de cacos que fez, o que me deixa supor que se tratasse de um vaso de louça ou algo assim (creio que foi nesse momento que lembrei daquele som das noites de antes: as franjas do xale na parede caindo sobre as cordas do violão de André quando rolávamos da cama para o chão). Pretendia quebrar mais coisas, gritar ainda mais alto, chorar também, se conseguisse, porque tinha nojo e nunca mais – quando ouvi um rumor de passos no corredor e diversas pessoas invadiram o quarto. Acho que meu primeiro olhar para elas foi aquele que tive antigamente, cheguei a reconhecer alguns dos vizinhos que nos observavam sempre, o homem do bar da esquina, o jardineiro da casa em frente, o motorista do táxi, o síndico do edifício ao lado, a puta do chalé branco. Mas em seguida tudo se alargou e não consegui evitar de vê-las daqueles outros jeitos, embora não quisesse, e meu jeito de evitar isso era fechar os olhos, mas quando fechava os olhos ficava olhando para dentro de meu próprio cérebro – e só encontrava nele uma infinidade de borboletas negras agitando nervosamente as asinhas pegajosas, atropelando-se para brotar logo entre os cabelos. Lutei por algum tempo. Tinha alguma esperança, embora fossem muitas mãos a segurar-me.

Ao amanhecer do dia de hoje fui dominado. Chamaram um táxi e trouxeram-me para cá. Antes de entrar no táxi tentei sugerir, quem sabe aquele lugar de muito verde, pessoas amáveis e prestativas, todas distantes, um tanto pálidas, alguns lendo livros, outros cortando figurinhas. Mas eu sabia que eles não admitiriam: quem havia visto o que eu vira não merecia perdão. Além disso, eu tinha desaprendido completamente a sua linguagem, a linguagem que também tive antes, e, embora com algum esforço conseguisse talvez recuperá-la, não valia a pena, era tão mentirosa, tão cheia de equívocos, cada palavra querendo dizer várias coisas em várias outras dimensões. Eu agora já não conseguia permanecer apenas numa dimensão, como eles, cada palavra se alargava e invadia tantos e tantos reinos que, para não me perder, preferia ficar calado, atento apenas ao borbulhar de borboletas dentro do meu cérebro. Quando foram embora, depois de preencherem uma porção de papéis, olhei para um deles daquele mesmo jeito que André me olhara. E disse-lhe:

– Só se pode encher um vaso até a borda. Nem uma gota a mais.

Ele pareceu entender. Vi como se perturbava e tentava dizer, sem conseguir, alguma coisa para o médico de plantão, observei que baixava os olhos sobre o monte de papéis e a maneira indecisa como atravessava o pátio para depois deter-se em frente ao portão de ferro, olhando para os lados, e então se foi, a pé. Em seguida os homens trouxeram-me para dentro e enfiaram uma agulha no meu braço. Tentei reagir, mas eram muito fortes. Um deles ficou de joelhos no meu peito enquanto o outro enfiava a agulha na veia. Afundei num fundo poço acolchoado de branco.

Quando acordei, André me olhava dum jeito totalmente novo. Quase como o jeito antigo, mas muito mais intenso e calmo. Como se agora partilhássemos o mesmo reino. André sorriu. Depois estendeu a mão direita em direção aos meus cabelos, uniu o polegar ao indicador e, gentilmente, apanhou uma borboleta. Era das verdes. Depois baixou a cabeça, eu estendi os dedos para seus cabelos apanhei outra borboleta. Era das amarelas. Como não havia telhados próximos, esvoaçavam pelo pátio enquanto falávamos juntos aquelas mesmas coisas – eu para as borboletas dele, ele para as minhas. Ficamos assim por muito tempo até que, sem querer, apanhei uma das negras e começamos a brigar. Mordi-o muitas vezes, tirando sangue da carne, enquanto ele cravava as unhas no meu rosto. Então vieram os homens, quatro desta vez. Dois deles puseram os joelhos sobre os nossos peitos, enquanto os outros dois enfiavam agulhas em nossas veias. Antes de cairmos outra vez no poço acolchoado de branco, ainda conseguimos sorrir um para o outro, estender os dedos para nossos cabelos e, com os indicadores e polegares unidos, ao mesmo tempo, com muito cuidado, apanhar cada um uma borboleta. Essa era tão vermelha que parecia sangrar.

Conto do livro *Pedras de Calcutá*.

O DIA QUE URANO ENTROU EM ESCORPIÃO

(Velha história colorida)

*Para Zé e Lygia Sávio Teixeira e para
Lucrécia (Luc Ziz ou Cesar Esposito)*

Estavam todos mais ou menos em paz quando o rapaz de blusa vermelha entrou agitado e disse que Urano estava entrando em Escorpião. Os outros três interromperam o que estavam fazendo e ficaram olhando para ele sem dizer nada. Talvez não tivessem entendido direito, ou não quisessem entender. Ou não estivessem dispostos a interromper a leitura, sair da janela nem parar de comer a perna de galinha para prestar atenção em qualquer outra coisa, principalmente se essa coisa fosse Urano entrando em Escorpião, Júpiter saindo de Aquário ou a Lua fora de curso.

Era sábado à noite, quase verão, pela cidade havia tantos shows e peças teatrais e bares repletos e festas e pré-estreias em sessões da meia-noite e gente se encontrando e motos correndo e tão difícil renunciar a tudo isso para permanecer no apartamento lendo, espiando pela janela a alegria alheia ou tentando descobrir alguma lasca de carne nas sobras frias da galinha de meio-dia.

Uma vez renunciado ao sábado, os três ali ouvindo um velho Pink Floyd baixinho para que, como da outra vez, os vizinhos não reclamassem e viessem a polícia e o síndico ameaçando aos berros acabar com aquele *antro* (eles não gostavam da expressão, mas era assim mesmo que os vizinhos, o síndico e a polícia gritavam, jogando livros de segunda mão e almofadas indianas para todos os lados, como se esperassem encontrar alguma coisa proibida) – renunciando pois ao sábado, e tacitamente estabelecida a paz com o baixo volume do som e a quase nenhuma curiosidade em relação uns aos outros, já que se conheciam há muito tempo, eles não queriam ser sacudidos no seu sossego sábia e modestamente conquistado, desde que a noite anterior revelara carteiras e bolsos vazios. Então olharam vagamente para o rapaz de camisa vermelha parado no meio da sala. E não disseram nada.

Aquele que tinha saído da janela fez assim como se estivesse prestando muita atenção na música, e falou que gostava demais daquele trechinho com órgão e violinos, que parecia uma *cavalgada medieval*. O rapaz de camisa vermelha percebeu que ele estava tentando mudar de assunto e perguntou se por acaso ele já tinha visto alguma vez na vida alguma cavalgada medieval. Ele disse que não, mas que com o órgão e todos aqueles violinos ao fundo ficava imaginando um guerreiro de armadura montado num cavalo branco, correndo contra o vento, assim tipo Távola Redonda, a silhueta de um castelo no alto da colina ao fundo – e o guerreiro era *medieval*, acentuou, disso tinha certeza. Ia continuar descrevendo a cena, pensou em acrescentar pinheiros, um crepúsculo, talvez um quarto crescente mourisco, quem sabe um lago até, quando a moça com o livro nas mãos tornou a baixar os óculos que erguera para a testa no momento em que o rapaz de camisa vermelha entrou, e leu um trecho assim:

> Os homens são tão necessariamente loucos que não ser louco seria uma outra forma de loucura. *Necessariamente* porque o dualismo existencial torna sua situação impossível, um dilema torturante. *Louco* porque tudo o que o homem faz em seu mundo simbólico é procurar negar e superar sua sorte grotesca. Literalmente entrega-se a um esquecimento cego através de jogos sociais, truques psicológicos, preocupações pessoais tão distantes da realidade de sua condição que são formas de loucura – loucura assumida, loucura compartilhada, loucura disfarçada e dignificada, mas de qualquer maneira loucura.*

Quando ela parou de ler e olhou radiante para os outros, o que tinha saído da janela voltara para a janela, o rapaz de camisa vermelha continuava parado e meio ofegante no meio da sala enquanto o outro olhava para o osso descarnado da perna de galinha. Disse então que não gostava muito de perna, preferia pescoço, e isso era engraçado porque passara por três fases distintas: na infância, só gostava de perna, na casa dele aconteciam brigas medonhas porque eram quatro irmãos e todos gostavam de perna, menos a Valéria, que tinha nojo de galinha; depois, na adolescência, preferia o peito, passara uns cinco ou seis anos comendo só peito – e agora adorava pescoço. Os outros pareceram um tanto escandalizados, e ele explicou que o pescoço tinha delícias ocultas, assim mesmo, bem devagar, *de-lí-ci-as-o-cul-tas*, e nesse momento o disco acabou e as palavras ficaram ressoando meio libidinosas no ar enquanto ele olhava para o osso seco.

(*) Ernest Becker, *A negação da morte*.

O rapaz de camisa vermelha aproveitou o silêncio para gritar bem alto que Urano estava entrando em Escorpião. Os outros pareceram perturbados, menos com a informação e mais com o barulho, e pediram psiu, para ele falar baixo, se não lembrava do que tinha acontecido a última vez. Ele disse que a última vez não interessava, que *agora* Urano estava entrando em Escorpião, *hoje*, falou lentamente, olhos brilhando. Ele estava lá há uns cinco anos, acrescentou, e os outros perguntaram ao mesmo tempo *ele-quem-estava-onde?* Urano, o rapaz de camisa vermelha explicou, na minha Casa oito, a da Morte, vocês não sabem que eu podia morrer? e pareceria aliviado, não fosse toda aquela agitação. Os outros entreolharam-se e a moça com o livro nas mãos começou a contar uma história muito comprida e meio confusa sobre um garoto esquizofrênico que tinha começado *bem* assim, ela disse, a curtir coisas como alquimia, astrologia, quiromancia, numerologia, que tinha lido não sabia onde (ela lia muito, e quando contava uma história nunca sabia ao certo onde a teria lido, às vezes não sabia sequer se a tinha vivido e não lido). Acabou no Pinel, contou, é assim que começam muitos processos esquizoides. Olhou bem para ele ao dizer *processos esquizoides*, os outros dois pareceram muito impressionados e tudo, não se sabia bem se porque respeitavam a moça e a consideravam superculta ou apenas porque queriam atemorizar o rapaz de camisa vermelha. De qualquer forma, ficou um silêncio cheio de becos até que um dos outros se moveu da janela para virar o disco. E quando as bolhas de som começaram a estourar no meio da sala todos pareceram mais aliviados, quase contentes outra vez.

Foi então que o rapaz de camisa vermelha tirou da bolsa um livro que parecia encadernado por ele mesmo e perguntou se eles entendiam francês. Um dos rapazes jogou o osso de galinha no cinzeiro, como se quisesse dizer violentamente que não, olhando para o que estava na janela, e que já não estava mais na janela, mas sobre o tapete, remexendo nos discos. Parou de repente e olhou para a moça, que hesitou um pouco antes de dizer que entendia mais ou menos, e todos ficaram meio decepcionados. O rapaz de camisa vermelha falou baixinho que não tinha importância, e começou a ler um negócio assim:

> La position de cet astre en secteur situe le lieu où l'être dégage au maximum son individualité dans une voie de supersonnalisation, a la faveur d'un développement d'énergie ou d'une croissance exagerée qui est moins une abondance de force de vie qu'une tension particulière d'enérgie. Ici, l'être tend à affirmer une volonté lucide d'independence qui peut le conduire à une expression supérieure et originale de sa personalité. Dans la dissonance, son exigence conduit à l'insensibilité, à la dureté, à l'excessif, à l'extremisme, jusqu'au boutisme, à l'aventure, aux bouleversements...*

Parou de ler e olhou para os outros três devagar, um por um, mas só a moça sorriu, dizendo que não sabia o que era *bouleversements*. Um dos rapazes lembrou que *boulevard* era rua, e que portanto devia ser qualquer coisa que tinha a ver com rua, com andar muito na rua. Ficaram dando palpites, um deles começou a procurar um dicionário, o rapaz de blusa vermelha olhava de um para outro sem dizer nada. Depois que todos os livros foram remexidos e o dicionário não apareceu e o outro lado do disco também terminou, ele repetiu separando bem as sílabas e com uma pronúncia que os outros, sem dizer nada, acharam ótima:

(*) André Barbault, *Astrologie*.

L'être tend à affirmer une volonté lucide d'independence qui peut le conduire à une expression supérieure et originale de sa personalité.

Então perguntou se os outros entendiam, eles disseram que sim, era parecidinho com português, *lucide*, por exemplo, e *originale*, era superfácil. Mas não pareciam entender. Aí os olhos dele ficaram muito brilhantes outra vez, parecia que ia começar a chorar quando de repente, sem que ninguém esperasse, deu um salto em direção à janela gritando que ia se jogar, que ninguém o compreendia, que nada valia mais a pena, que estava de saco cheio e não apostava um puto na merda de futuro.

O rapaz de camisa vermelha chegou a colocar uma das pernas sobre o peitoril, abrindo os braços, mas os outros dois o agarraram a tempo e o levaram para o quarto, perguntando muito suavemente o que era aquilo, repetindo que ele estava demais nervoso, e que estava tudo bem, tudo bem. A moça de óculos ficou segurando a mão dele e passando os dedos no seu cabelo enquanto ele chorava, um dos rapazes disse que ia até a cozinha fazer um chá de artemísia ou camomila, a moça falou que cidró é que era bom pra essas coisas, o outro falou que ia colocar aquele disco de música indiana que ele gostava tanto, embora todo mundo achasse chatíssimo, só que precisou botar bem alto para que pudessem ouvir do quarto. O chá veio logo, quente e bom, apareceu um baseado que eles ficaram fumando juntos, um de cada vez, e tudo foi ficando muito harmonioso e calmo até que alguém começou a bater na porta tão forte que pareciam pontapés, não batidas.

Era o síndico, pedindo aos berros para baixar o som e falando aquelas coisas desagradáveis de sempre. A moça de óculos disse que sentia muito, mas infelizmente naquela noite não podia baixar o volume do som, não era uma noite como as outras, era muito especial, sentia muito. Tirou os óculos e perguntou se o síndico não sabia que Urano estava entrando em Escorpião.

Lá no quarto, o rapaz de blusa vermelha ouviu e deu um sorriso largo antes de adormecer com os outros segurando nas suas mãos. Então sonhou que deslizava suavemente, como se usasse patins, sobre uma superfície dourada e luminosa. Não sabia ao certo se um dos anéis de Saturno ou uma das luas de Júpiter. Talvez Titã.

Conto do livro *Morangos mofados*.

LONDON, LONDON
OU AJAX, BRUSH AND RUBBISH

Para Carlos Têmple Troya

Meu coração está perdido, mas tenho um mapa de Babylon City entre as mãos. Primeiro dia de *fog* autêntico. Há um fantasma em cada esquina de Hammersmith, W14. Vou navegando nas *waves* de meu próprio assobio até a porta escura da casa vitoriana.
— *Good morning, Mrs. Dixon! I'm the cleaner!*
— *What? The killer?*
— *Not yet, Lady, not yet. Only the cleaner...*
Chamo Mrs. Dixon de Mrs. Nixon. É um pouco surda, não entende bem. Preciso gritar bem junto à pérola (jamaicana) de sua orelha direita. Mrs. D(N)ixon usa um colete de peles (siberianas) muito elegante sobre uma malha negra, um colar de jade (chinês) no pescoço. Os olhos azuis são duros e, quando se contraem, fazem oscilar de leve a rede salpicada de vidrilhos (belgas) que lhe prende o cabelo. Concede-me algum interesse enquanto acaricia o gato (persa):
— *Where are you from?*
— *I'm Brazilian, Mrs. Nixon.*
— *Ooooooooooouuuuuu, Persian? Like my pussy cat! It's a lovely country! Do you like carpets?*
— *Of course, Mrs. Nixon. I love carpets!*
Para auxiliar na ênfase, acendo imediatamente um cigarro. Mas Mrs. Nixon se eriça toda, junto com o gato:

– *Take care, stupid! Take care of my carpets! They are very-very expensive!* Traz um cinzeiro de prata (tailandês) e eu apago meu cigarro (americano). *But, sometimes, yo hablo también un poquito de español e, if il faut, aussi un peu de français*: navego, navego nas *waves* poluídas de Babylon City, depois sento no Hyde Park, W2, e assisto ao encontro de Carmenmiranda com uma Rumbeira-from-Kiúba. *Perhaps* pelas origens tropicais e respectivos *backgrounds*, comunicam-se por meio de requebros brejeiros e *quizá* pelo tom dourado das folhas de outono (*like "Le Bonheur", remember "Le Bonheur"?*), talvez, *maybe*: amam-se imediatamente. Mas Carmen foge da briga, fiel às suas já citadas origens e repete enl(r)ouquecida, em português castiço, que aquele amor ledo e cego acabaria por matá-la. A Rumbeira-from-Kiúba, cujo nome até hoje não foi devidamente esclarecido (*something between Remedios and Esperanza*), decide tomar providências no sentido de abandonar a *old-fashion* e matricula-se no *beginner* de dança moderna do The Place, Euston, NW1. Para consolar-se de seu frustrado *affair*, todos os sábados vai a Portobello Rd, W11, onde dedica-se à pesquisa e eventual aquisição de porcelana chinesa. *Su pequeña habitación* em Earl's Court Rd, W8, está quase toda tomada. Ainda ontem substituiu o travesseiro por uma caríssima peça da dinastia Ming. Entrementes, Carmen ganha £20 por semana cantando "I-I-I-I-I-I like very much" nos intervalos das sessões do Classic, Nothing Hill Gate, W11. Aos sábados compra velhos tamancos de altíssimas plataformas, panos rendados e frutas nas barracas de Portobello – para preencher *el hueco de su (c)hambre*. Muito tarde da noite, cada uma *en sus pequeñas habitaciones*, leem respectivamente Cabrera Infante e a lírica de Camões. Secretamente ambas esperam encontrar-se

qualquer *Saturday* desses, entre lustres art nouveau, roupas de pajem renascentista, couves-de-bruxelas e pastéis da Jamaica, bem em frente ao Ceres, Portobello Rd, W14, onde tudo acontece. Ou quase. Mas secretamente, apenas. Nenhuma falará primeiro. Nenhuma deixará transparecer qualquer emoção por detrás do make-up. *It's so dangerous, money*, e, de mais a mais, na Europa é assim, meu filho, trata de ir te acostumando. *Pero siempre puede ser que sus ojos digan todo*. Como nessas melosas e absurdas histórias de Rumbeiras-from-Kiúba *meeting* Carmen-mirandas pelas veredas outonais do Hyde Park – onde as folhas, a quem interessar (f)possa, continuam caindo.
– *I think all Latin-American writers should write in English. Spanish is very difficult. But don't worry, dear: Joseph Conrad learned to write only at nineteen...*
Bolhas nas mãos. Calos nos pés. Dor nas costas. Músculos cansados. *Ajax, brush and rubbish*. Cabelos duros de poeira. Narinas cheias de poeira. *Stairs, stairs, stairs. Bathrooms, bathrooms. Blobs.* Dor nas pernas. Subir, descer, chamar, ouvir. *Up, down. Up, down. Many times got lost in undergrounds, corners, places, gardens, squares, terraces, streets, roads.* Dor, *pain. Blobs*, bolhas.
– *You're not just beautiful. I think you've got something else.*
I've got something else. Mas onde os castelos, os príncipes, as suaves vegetações, os grandes encontros – onde as montanhas cobertas de neve, os teatros, balés, cultura, História – onde? Dura paisagem, *hard landscape*. Tunisianos, japoneses, persas, indianos, congoleses, panamenhos, marroquinos. Babylon City ferve. *Blobs in strangers' hands* virando na privada o balde cheio de sifilização, enquanto puxo a descarga para que Mrs. Burnes (ou Lascelley ou Hill ou Simpson) não escute meu grito.

— *What you think about the Women's Lib?*
— *Nothing. I prefer boys.*
— *Chauvinist!*

Ela está descalça, embora faça frio. Tem uma saia de retalhos coloridos até quase o chão cheio de lixo. Os cabelos vermelhos de hena, algumas mechas verdes. Nos olhos, um pincel *stone* traçou enormes asas de *purple butterfly*. Como se seu rosto fosse um jardim. Empurra um carrinho de bebê vazio e canta. Qualquer coisa assim: "I'm so happy/I'm so happy/'cause today is The Day/'cause today is a Sunny Day". É muito jovem, mas a heroína levou embora a rosa de suas faces. O boá azul esvoaça com o vento dos ônibus. Ela sorri ao passar e se detém e faz meia-volta e retira de dentro do carrinho de bebê uma bolsa de vidrilhos e cordões dourados e apanha um vidrinho escuro e salpica algumas gotas de óleo na ponta dos dedos e passa – *slowly, slowly* – na minha testa, na minha face, no meu peito, nas cicatrizes suicidas de meus pulsos de índio:
— *You know and I know that you know: today is just The Day.*

Cheira a sândalo, a Oriente. Eu não quero dizer nada, em língua nenhuma, eu não quero dizer absolutamente nada. Eu só sorrio e deixo ela ir embora com seus pés descalços e muito sujos dançando embaixo dos trapos coloridos da saia. Ela canta, ainda. Eu aproximo os pulsos das narinas e aspiro, até o ônibus chegar, eu aspiro. Sândalo, Oriente.
— *Won't you finish your bloody cigarette?*
— *Fuck off!*
— *Very eccentric!*

Mrs. Austin aponta as pombas no quintal e diz que não pode morrer, *you know?*, que tem oitenta anos mas

não pode morrer. O que seria das pombas se Mrs. Austin morresse agora? Fico parado na esquina, as mãos cheias de pombas, os pés no jardim dourado de Mrs. Austin, que me deu cinquenta pence a mais. Elas passam, eles passam. Alguns olham, quase param. Outros voltam-se. Outros, depois de concluir que não mordo, apesar de meu cabelo preto e olho escuro, aproximam-se solícitos e, como nesta ilha não se pode marcar impunemente pelas esquinas, com uma breve curvatura agridem-me com sua *British hospitality:*
– *May I help you? May I help you?*
– *No, thanks. Nobody can help me.*
Something else. Toco o pequeno cacto com os dedos cheios de bolhas rosadas. É um frágil falo verde, coberto de espinhos brancos. Comprimo os espinhos brancos contra a pele rosada das bolhas de meus dedos. Mas nada acontece. *Something else.* Eu queria tocar "Pour Élise" ao piano, sabia? É meio kitsch, eu sei, mas eu queria, e *en el Brazil, cariño, en el otro lado del mar, hay una tierra encantada que se llama Arembepe, y un poco más al sur hay otra, que se llama Garopaba. En estos sitios, todos los días son sunny-days, todos. Mon cher,* apanhe suas maracas, sua malha de balé, seus pratos chineses – apanhe todos os pedaços que você perdeu nessas andanças e venha para o meu tapete mágico. *Te quieres volar conmigo hasta los sitios encantados? Something else. Coño.* Aperto minhas bolhas contra o pequeno falo verde. E nada continua acontecendo. Como César Vallejo: "Tenemos en uno de los ojos mucha pena, y también en el otro, mucha pena, y en los dos, cuando miran, mucha pena". Carmen hesita, o telefone nas mãos. Flashback: Carmen-menina hesita com o pintinho do vizinho entre as mãos de unhas verde-menta, esmalte *from* Biba, High Street Kensington, W8. *Quizá*

Remedios, Soledad o Esperanza. Zoom no olho de cílios de visom. A boca escarlate repete enr(l)ouquecida:
— *Pero si no te gusta esa de que te hablo, hay otra más al sur, o más al centro, donde lo quieras, cielo, donde lo quieras, locura.* Sometimes, penso que *mio cuore es una basura, but* "your body hurts me as the world hurts God". *I can't forget it.*
— *Look deep on my eyes. Can you see? They're lost. They're completely lost. And I can do nothing.*
Caminho, caminho. Rimbaud foi para a África, Virginia Woolf jogou-se num rio, Oscar Wilde foi para a prisão, Mick Jagger injetou silicone na boca e Arthur Miller casou com Norma Jean Baker, que acabou entrando na Hi$tória, Norman Mailer que o diga. Mrs. Burnes não vem, não vem. *Wait her and after call me.* Espero, espero. Mrs. Burnes não vem. Amsterdã até que é legal, mas nunca vi tanta merda de cachorro na rua. Na Nicarágua um terço da população fala *ahuara*, que é uma língua hindu. No muro perto de casa alguém escreveu com sangue: "Flower-power is dead". É fácil, magro, tu desdobra numa boa: primeiro procura apartamento, depois trabalho, depois escola, depois, se sobrar tempo, amor. Depois, se preciso for, e sempre é, motivos para rir e/ou chorar — ou qualquer coisa mais drástica, como viciar-se definitivamente em heroína, fazer *auto-stop* até o Katmandu, traficar armas para o Marrocos ou — sempre existe a *old-fashion* — morrer de amores por alguém que tenha nojo de sua pele latina. *Why not?*
— *Please, can you clean the other side of that door?*
Primeiro, a surpresa de não encontrar. Surpresa branca, longa, boca aberta. £10. O aluguel da semana mais um ou dois maços de Players Number Six. Alguns sanduíches e ônibus, porque metrô a gente descola, *five* na entrada e *five, please*, na saída. Reviro a bolsa: passaporte brasileiro,

patchuli hindu, moedas suecas, selos franceses, fósforos belgas, César Vallejo e Sylvia Plath. Olho no chão. Afasto as pernas das pessoas, as latas de lixo, levanto jornais, empurro bancos. Tenho duas opções: sentar na escada suja e chorar ou sair correndo e jogar-me no Tâmisa. Prefiro tomar o próximo trem para a próxima casa, navegar nas *waves* de meu próprio assobio e esperar por Mrs. Burnes, que não vem, que não vem.
– *WHY?*
– *I beg your pardon?*

Sempre anoitece cedo e na sala discutem as virtudes da princesa Anne, alguém diz que o marido sim, é uma tesão, e ouvem rock que fala numa ilha-do-Norte-onde--não-sei-se-por-sorte-ou-por-castigo-dei-de-parar-por--algum-tempo-que-afinal-passou-depressa-como-tudo-tem--de-passar-hoje-eu-me-sinto-como se agora fosse também ontem, amanhã e depois de amanhã, como se a primavera não sucedesse ao inverno, como se não devesse nunca quebrar a casca do ovo, como se fosse necessário acender todas as velas e todo o incenso que há pela casa para afastar o frio, o medo e a vontade de voltar. Mas o carrinho de bebê está vazio. A pedra de Brighton parece um coração partido. O tarô esconde a Torre Fulminada. As flores amarelas sobre a mesa branca ainda não morreram. O telefone existe, mas não chama. Na parede tem um mapa-múndi do século não sei quantos. O cacto. A agulha faz a bolha na ponta do dedo de Saturno libertar um líquido grosso e adocicado. Sinto dor: estou vivo. Meu último olhar do dia repousa, como num poema antigo, sobre o uniforme da Terceira Grande Guerra jogado ao chão para a ofensiva da manhã seguinte: tênis francês (trinta francos), blue jeans sueco (noventa coroas), suéter inglês (quatro libras), casaco marroquino (novecentas pesetas). Agora custo um pouco mais caro e meu preço está sujeito às oscilações da bolsa internacional. Quando você voltar, vai ver só, as pessoas falam, apontam: "Olha, ele acaba de chegar da Europa", fazem caras e olhinhos, dá um *status* incrível e nesse embalo você pode comer quem quiser, pode crer. Magrinha, você me avisou, eu sei, mas onde estão teus dedos cheios de anéis? Mas na sala, na sala discutem as virtudes do marido da princesa Anne e cantam rock. David Bowie é uma grande mulher, mas meu coração é atlante. Tenho Sol em *Virgo*, Marte em *Scorpio*, Vênus em *Leo* e Júpiter em *Sagittarius*. Situo, situo-me. Coloco o despertador para as sete horas, ainda é escuro, os carros ficam cobertos de gelo, apago a luz e puxo o cobertor roxo para cima de mim. E ainda por cima diz alguém longe, ainda por cima no fim do ano tem o cometa. Procuro o fósforo, acendo um cigarro. A pequena ponta avermelhada fica brilhando no escuro. *Sorry, in the dark: red between the shadows.* Quase como um farol. *Sorry: a lighthouse.* Magri--nha, lá na Bahia, localiza minha pequena luz, estende tua mão cheia de anéis por sobre o mar e toca na minha testa *caliente* de índio latino-americano e fala assim, com um acento bem horroroso, que Shakespeare se retorça no túmulo, fala assim:

– De beguiner is ólueis dificulti, suiti ronei, létis gou tu trai agueim. Iuvi góti somessingui élsi, donti forguéti iti.

I don't forget. Meu coração está perdido, mas tenho um *London* de A a Z na mão direita e na esquerda um *Collins dictionary*. Babylon City estertora, afogada no lixo ocidental. *But I've got something else. Yes, I do.*

Conto do livro *Estranhos estrangeiros.*

MORANGOS MOFADOS

Para José Márcio Penido

> *Let me take you down
> 'cause I'm going to strawberry fields
> nothing is real, and nothing to get hung about
> strawberry fields forever.*
>
> Lennon & McCartney,
> "Strawberry fields forever"

PRELÚDIO

No entanto (*até no-entanto* dizia agora) estava ali e era assim que se movia. Era dentro disso que precisava mover-se sob o risco de. Não sobreviver, por exemplo – e queria? Enumerava frases como é-assim-que-as-coisas-são ou que-se-há-de-fazer-que-se-há-de-fazer ou apenas mas-afinal-que-importa. E a cada dia ampliava-se na boca aquele gosto de morangos mofando, verde doentio guardado no fundo escuro de alguma gaveta.

ALLEGRO AGITATO

Pois o senhor está em excelente forma, a voz elegante do médico, têmporas grisalhas como um coadjuvante de filme americano, vestido de bege, tom *sur* tom dos sapatos polidos à gravata frouxa, na medida justa entre o desalinho e a descontração. Não há nada errado com o seu coração nem com o seu corpo, muito menos com o seu cérebro. Caro senhor. Acendeu outro cigarro, desses que você fuma o dobro para evitar a metade do veneno, mas não é no cérebro que acho que tenho o câncer, doutor, é na alma, e isso não aparece em check-up algum. Mal do nosso tempo, sei, pensou, sei, agora vai desandar a tecer considerações sócio-político-psicanalíticas sobre O Espantoso Aumento da Hipocondria Motivada Pela Paranoia dos Grandes Centros Urbanos, cara bem barbeada, boca de próteses perfeitas, uma puta certa vez disse que os médicos são os maiores tarados (talvez pela intimidade constante com a carne humana, considerou), e este? Rápido, analisou: no máximo chupar uma buceta, praticar-sexo-oral, como diria depois, escovando meticuloso suas próteses perfeitas, naturalmente que se o senhor pudesse diminuir o cigarro sempre é bom, muito leite, fervido, é claro, para evitar os cloriformes, ar puro, um pouco de exercício, cooper, quem sabe, mais pensando no futuro do que em termos imediatos, claro. Mas se o futuro, doutor, é um inevitável finalmente alguém apertou o botão e o cogumelo metálico arrancando nossas peles vivas, bateu com cuidado o cigarro no cinzeiro, um cinzeiro de metal, odiava objetos de metal, e tudo no consultório era metal cromado, fórmica, acrílico, antisséptico, im-po-lu-to, assim o próprio médico, não ousando além do bege. Na parede a natureza-morta com secas uvas brancas, peras pálidas, macilentas maçãs verdes. Nenhuma melancia escancarada, nenhuma pitanga madura, nenhuma manga molhada, nenhum morango sangrento. Um morango mofado – e este gosto, senhor, sempre presente em minha boca?

Azia, má digestão, sorriso complacente de dentes no mínimo trinta por cento autênticos (e o que fazer, afinal? dançar um tango argentino, ou seria cantar? cantarolou calado assim *quiero emborrachar mi corazón para olvidar un loco amor que más que amor fue una traición*, tinha versos à espreita, adequados a qualquer situação, essa uma vantagem secreta sobre os outros, mas tão secreta que era também uma desvantagem, entende? nem eu, versos emboscados da nossa mais fina lira, tangos argentinos e rocks dilacerantes, com ênfase nos solos de guitarra). Um tranquilizante levinho levinho aí umas cinco miligramas, que o senhor tome três por dia, ao acordar, após o almoço, ao deitar-se, olhos vidrados, mente quieta, coração tranquilo, sístole, pausa, diástole, pausa, sístole, pausa, diástole, sem vãs taquicardias, freio químico nas emoções. Assim passaria a movimentar-se lépido entre malinhas 007, paletós cardin, etiquetas fiorucci, suavemente drogado, demônios suficientemente adormecidos para não incomodar os outros. Proibido sentimentos, passear sentimentos, passear sentimentos desesperados de cabeça para baixo, proibido emoções cálidas, angústias fúteis, fantasias mórbidas e memórias inúteis, um nirvana da bayer e se é bayer. Suspirou, suspirava muito ultimamente, apanhou a receita, assinou um cheque com fundos, naturalmente, e saiu antes de ouvir um delicado porque, afinal, o senhor ainda é tão jovem.

ADAGIO SOSTENUTO

Quando acordou, o sol já não batia no terraço, o que trocado em miúdos significava algo assim como mais-de--duas-da-tarde. Tinha tomado três comprimidos, um pela manhã, outro pelo almoço, outro antes de dormir, só que juntos – e o gosto persistia na boca. *Strawberry*, pensou, e quis então como antigamente ouvir outra vez os Beatles, mas ainda na cama teve preguiça de dar dois passos até o toca-discos, e onde andariam agora, perdidos entre tantas simones e donnas summers, tanto mas tanto tempo, nem gostava mais de maconha. Acariciou o pau murcho, com vontade longe, querendo mandar parar aquele silêncio horrível de apartamento de homem solteiro, a empregada não viria, ele não tinha colocado gasolina no carro, nem descontado cheque, nem batalhado uma trepadinha de fim de semana, nem tomado nenhuma dessas pré--lúdicas providências-de-sexta-feira-após-o-almoço, e precisava. Precisava inventar um dia inteiro ou dois, porque amanhã é domingo e segunda-feira ninguém sabe o quê.

Acendeu um cigarro, assim em jejum lembrando úlceras, enfisemas, cirroses, camadas fibrosas recobrindo o fígado, mas o fígado continuaria existindo sob as tais fibras ou seria substituído por? Ninguém saberia explicar, cuecas sintéticas dessas que dão pruridos & impotência jogadas sobre o tapete, uma grana, imitação perfeita de persa. O telefone então tocou, como costuma às vezes tocar nessas horas, salvando a página em branco após a vírgula, ele estendeu a mão, tinha dedos até bonitos ele, juntas nodosas revelando angústia & sensibilidade, como diria Alice, mas Alice foi embora faz tempo, a cadela que eu até comia direitinho, estimulando o clitóris comme il faut, não é assim que se diz que se faz que se. O telefone tocou uma vez mais, e como se diz nesses casos, mais uma e mais outra e outra mais, enquanto com uma das mão ele ligava o rádio libertando uma onda desgrenhada de violinos, Wagner, supôs, que tinha sua cultura, sua leitura, valquírias, nazismos, dachaus, judeus, e com a outra acariciava o pau começando a vibrar estimulado talvez pelos violinos, judeus, davis.

O telefone parou, o telefone não fazia nenhum som especial ao parar, mas deveria arfar, gemer quando entrasse fundo, duro e quente, judeuzinho de merda, deve estar metido naquele kibutz no meio da areia plantando trigo, não, trigo acho que não, é muito seco, azeitonas quem sabe, milho talvez, a cabeça quente do pau vibrava na palma da mão, foi no que deu ficar trocando livrinho de Camus por Anna Seghers, pervitin por pambenil, tesão se resolve é na cama, não emprestando livro nem apresentando droga, anote, aprenda, mas agora è troppo tarde, tudo já passou e minha vida não passa de um ontem não resolvido, bom isso. E idiota. E inútil. Levantou de repente. Foi então que veio a náusea, só o tempo de caminhar até o banheiro e vomitar aos roncos e arquejos, onde estão todos vocês, caralho, onde as comunidades rurais, os nirvanas sem pedágio, o ácido em todas as caixas-d'água de todas as cidades, o azul dos azulejos começando a brilhar, maya, samsara, que às vezes voltava. De súbito lisérgico no meio de uma frase tonta, de um gesto pouco, de um ato porco como esse de vomitar agora as quinze miligramas leves leves. Alice abria as coxas onde a penugem se adensava em pelos ruivos, depois gemia gostoso, calor molhado lá dentro. Neurônios arrebentados, tem um certo número sobrando, depois vão morrendo, não se recompõem nunca mais, quantos me restarão, meu deus e a mão de pelos escuros de Davi acariciando as minhas veias até incharem, quase obscenas, latejando azul-claro sob a pele. Sabe, cara, quando te aplico assim com a agulha lá no fundo, às vezes chego a pensar que. Noites sem dormir e a luz do dia esverdeando as caras pálidas e as peles secas desidratadas as vozes roucas de tanto falar e fumar e falar e fumar. Vomitou mais. Nojo, saudade. Sou um publicitário bem-sucedido, macio, rodando nas nuvens, o Carvalho me disse que rodando-nas-nuvens é do caralho, que achado, cara, você é um poeta, enquanto olho pra ele e não digo nada como eu mesmo já rodei nas nuvens um dia, agora estou aqui, atolado nesta bosta colorida, fodida & bem paga. *Strawberry fields*: no meio do vômito podia distinguir aqui e ali alguns pedaços de morangos boiando, esverdeados pelo mofo.

ANDANTE OSTINATO

Nem ontem nem amanhã, só existe agora, repetia Jack Nicholson antes de ser morto a pauladas, enquanto ele espiava Davi jogado no fundo do poço tão profundo que precisaria de uma escada para descer até lá, evitando os escombros da cidadezinha que era ao mesmo tempo Köln após a guerra e o Passo da Guanxuma, com aquele lago no centro de onde sem parar partiam ou chegavam barcos, nunca saberia, e não importa, Alice corria entre os ciprestes do cemitério sem túmulos enquanto ele gritava Alice, Alice, minha filha, quando é que você vai se convencer que não está mais do outro lado do espelho, até encontrar Billie Holiday em pé na escada entre paredes demolidas, aqueles degraus subindo para o nada, com Billie no topo decepado, solta no espaço de escombros repetindo e repetindo *you've changed, baby oh baby, you've changed so much,* estendeu a mão para socorrer John Lennon mas quando abriu a boca sangrenta, feito um vento preso numa caixa fugiu aquele horrível cheiro de morangos guardados há muito tempo, como um vento vindo do mar, um mar anterior, um mar quase infinito onde nenhuma gota é passado, nenhuma gota é futuro, tudo presente imóvel e em ação contínua, o cheiro de maresia era o mesmo do hálito da pantera biônica de cabelos dourados. Ah tantos anos de análise freudiana kleiniana junguiana reichiana rankiana rogeriana gestáltica. E mofo de morangos. Gritaria. Mas acordou com o plim-plim eletrônico antes sequer de abrir a boca. O vento fresco da madrugada embalava as cortinas brancas feito velas de um barco encalhado, uma nau com todas velas pandas, não adianta chorar, Alice, já falei que é loucura, para de bater essas malditas carreiras, teu nariz vai acabar furando, melhor ser monja budista em Vitória do Espírito Santo ou carmelita descalça em Calcutá ou a mais puta das putas na putaqueapariu, não me olhe assim do fundo do poço, não me encham o saco com esse plim-plim hipnótico, eu fico aqui, meu bem, entre escombros.

Desligou a televisão, saiu para o terraço de plantas empoeiradas, devia cuidar melhor delas, não fosse essa presença viva dentro de mim corroendo carcomendo a célula pirada na alma fermentando o gosto nojento na língua. O cheiro daquele único jasmim espalhado sobre os sete viadutos da avenida mais central. Bastava um leve impulso, debruçou-se no parapeito, entrevado, morto da cintura para baixo, da cintura para cima, da cintura para fora, da cintura para dentro – que diferença faz? Oficializar o já acontecido: perdi um pedaço, tem tempo. E nem morri.

MINUETO E RONDÓ

Amanhecia. Não havia ninguém na rua.

Não, foi assim: debruçado no terraço, ele olhou primeiro para cima – e viu que o azul do céu quase preto aqui e ali se fazia cinza cada vez mais claro em direção ao horizonte, se houvesse horizonte, em todo caso atrás dos últimos edifícios que eram, digamos, um sucedâneo de horizontes. E amanhecia, concluiu então. Debruçado no terraço, ele olhou segundo para baixo – e viu que na longa rua não havia rumores nem carros nem pessoas, só os sete viadutos também desertos. Não havia ninguém na rua, concluiu ainda.

Debruçado no terraço, amanhecia.

Ao mesmo tempo, em seguida, um de-dentro pensou: e se alguém realmente e finalmente apertou o botão? e se aquele cinza-claro no sucedâneo de horizonte for o clarão metálico? e se eu estava dormindo quando tudo aconteceu? e se fiquei sozinho na cidade, no país, no continente, no planeta? Sabia que não. E um outro de-dentro pensava também, se sobrepujando mais claro, quase organizado, não totalmente porque para dizer a verdade não era um pensamento nem uma emoção, mas algo assim como o cinza-claro brotando natural por sobre o horizonte, se houvesse horizonte, ou como o vento fresco batendo nas cortinas, ou ainda como se uma onda nascesse daquele imóvel mar ativo, ali onde começa a luz, onde começa o vento, onde começa a onda, desse lugar qualquer que eu não sei, nem você, nem ele sabia agora: brotou qualquer coisa como – não quero ser piegas, mas talvez não tenha outro jeito – uma luz, um vento, uma onda. Exatamente. Uma onda calma ou arquejante, um vento minuano ou siroco, uma luz mortiça ou luminosa, repito que brotou, repetiu incrédulo.

Ele teve certeza. Ou claras suspeitas. Que talvez não houvesse lesões, no sentido de perder, mas acúmulos no sentido de somar? Sim sim. Transmutações e não perdas irreparáveis, alices-davis que o tempo levara, mas substituições oportunas, como se fossem mágicas, tão a seu tempo viriam, alices-davis que um tempo novo traria? Não era uma sensação química. Ele não tinha a boca seca nem as pupilas dilatadas. Estava exatamente como era, sem aditivos.

Vou-me embora, pensou: a estrada é longa.

Tocou então o próprio corpo. Uma glória interior, foi assim que batizou solene, infinitamente delicado, quando ela brotou. Arpejo, foi o que lhe ocorreu, ridículo complacente, cor-nu-có-pia soletrou, quero um instante assim barroco, desejou. Mas vestido de amarelo como estava, visto de costas contra o céu, supondo que uma câmara cinematográfica colocada aqui na porta desta sala o enquadrasse agora pareceria quase bizantino, ouro sobre azul, magreza mística, que tinha sua cultura, sua leitura. E culpa alguma. Gótico, gemeu torcido, unindo as duas mãos no sexo, no ventre, no peito, no rosto, elevando-as acima da cabeça.

O sol estava nascendo.

Poderia talvez ser internado no próximo minuto, mas era realmente um pouco assim como se ouvisse as notas iniciais de *A sagração da primavera*. O gosto mofado de morangos tinha desaparecido. Como uma dor de cabeça, de repente. Tinha cinco anos mais que trinta. Estava na metade, supondo que setenta fosse sua conta. Mas era um homem recém-nascido quando voltou-se devagar, num giro de cento e oitenta graus sobre os próprios pés, para deslizar as costas pela sacada até ficar de joelhos sobre os ladrilhos escuros, as mãos postas sobre o sexo.

Abriu os dedos. Absolutamente calmo, absolutamente claro, absolutamente só enquanto considerava atento, observando os canteiros de cimento: será possível plantar morangos aqui? Ou se não aqui, procurar algum lugar em outro lugar? Frescos morangos vivos vermelhos.

Achava que sim.
Que sim.
Sim.

Conto do livro *Morangos mofados*.

O CORAÇÃO DE ALZIRA

Pois que ele era uma pessoa e ela outra, descobriu de repente, afastando as cortinas. E eu que quis fazer de mim algo tão claro como um rio sem profundidade, disse para si mesma, em distração colocando em movimento os átomos de poeira. Curvou-se até o chão para apanhar um grampo. Quando se curvava assim, o cabelo caindo no rosto, assumia um ar humilde de coisa grande que se curva. Ela era toda grande, de mãos e pés e olhos e busto, mas um grande que não se impunha, não feria. Um grande que pousava como quem já vai embora. Ela parecia levantar voo, no surpreendente de que ao elevar-se não deslocasse o ar em torno nem provocasse ventania. Até mesmo seu coração era grande. Era coração, aquele escondido pedaço de ser onde fica guardado o que se sente e o que se pensa sobre as pessoas das quais se gosta? Devia ser. Para tornar mais fácil o desenrolar do pensamento, ela concordava. E argumentava de si para si, lembrando músicas e poetas vagamente vulgares que falavam em coração: pois se alguém fazia uma música ou um poema forçosamente devia ser mais inteligente do que ela, que nunca fizera nada. Alguém mais inteligente certamente saberia o lugar exato onde ficam guardadas essas coisas. Coração, então, repetiu para si, consumando a descoberta. E acrescentou: mas ele está tão longe. Podia dar um tom de desalento ao que pensava, mas podia também solicitar, agredir, exigir. Qualquer coisa que doesse. Ai, a necessidade que tinha de doer em alguém, como se já estivesse exausta de tanto ser grande e boa. Por um instante conteve um movimento, toda concentrada no desejo de ser pequena e má e vil e mesquinha. Até mesmo um pouco corcunda ou meio vesga de tanta ruindade. Ou continuar a ser grande, mas sem aquela bondade que pesava, para tornar-se lasciva. Obscena. Mas o máximo de obscenidade que conseguia era entrar de repente no banheiro quando o marido tomava banho, afastando as cortinas para entregar a ele um sabonete ou perguntar qualquer coisa sem importância. O importante era que o motivo não fosse importante. Justamente aí estava o obsceno. Depois saía toda corada, pisando na ponta dos pés e rindo um risinho de virgem. Virgem. Ai, estava tudo tão mudado que as meninas não davam mais importância à virgindade, andavam de calça comprida, cortavam os cabelos curtinho, fumavam, até fumavam, meu deus. E os rapazes, então, cabelos imensos, colares, roupas coloridas. Meu deus, ela repetia para si e para os outros que não sabia mais distinguir um jovem de uma jovem, e que isso a perturbava como se tivesse um filho ou uma filha e não soubesse dizer se era mesmo filho ou filho. Ai, era terrível.

    Espiou o marido nu, as cobertas afastadas por causa do calor. Ai, era tão moço ainda, tão não-sei-como que dava uma vontade meio bruta de machucá-lo só porque era assim daquele jeito. Sentou na poltrona à beira da cama, espiando o dia. Mas ele é uma pessoa, eu sou outra, repetiu, repetiu, recusando a claridade que entra-

va pela janela para se encolher dentro dela, toda sem problemas nem angústias. De manhã bem cedo.
— Jorge — chamou, a voz ressoando estranha no silêncio. E desejou que ele abrisse os olhos e sorrisse dizendo: Alzira. Mas ele não abriu os olhos, não sorriu nem disse. Então ela pensou e esta empregada que não chega. Era de manhã-bem-cedo e a empregada só chegava de manhã-bem-tarde. A dor que sentia de ser assim tão como era. Sorriu devagar, prosseguindo na doçura que sempre fora o seu caminho. O marido tinha cabelos no peito, pernas grossas, braços fortes. Ela era gorda, mole, grande. O marido tinha olhos azuis. Ela, pretos. Pretos como a noite, ele escrevera num poema antes de casarem. O marido tinha mãos quadradas, dedos compridos. Ela grandes, redondas, gordas, acolchoadas. Leves como as de uma fada — o poema era o mesmo, mas as mãos também seriam? Precisava encerar o chão, mandar as cortinas para a lavanderia, fazer café. Ah, era domingo. Só agora ela lembrava. A empregada não viria. Era dia do marido dormir até tarde. Era dia dela mesma ficar na cama até as dez. Era dia de tantas coisas diferentes dos outros dias que ela conteve a respiração, abalada no que estivera construindo e preparando para um dia que não seria mais.

Vagou inquieta pelo quarto. Era domingo. Se fumasse, acenderia agora um cigarro para ficar com ar de pessoa distraída. Mas assim tão sem vícios e portanto sem ter sobre o que derramar a distração que desejava, ai — assim ficava tão solta. Perdi até o sono, suspirou, como se o sono fosse a sua última reserva de segurança. Nem de ler eu gosto, acrescentou. E estou com preguiça de trabalhar e tenho vontade de falar um palavrão, que merda também. Sem sentir, conseguira a distração que procurava. Mas agora que chegava a ela, consciente de que chegara, a distração se esgotava. Fazia-se necessário ir adiante. Mas o que vinha depois de uma distração? Não tinha em que nem como se concentrar. Nunca tivera instrumentos para forçar a atenção num determinado ponto. Era tão pobre. Tão.

Ai.

Caminhou até o banheiro, afogou a agitação abrindo três torneiras ao mesmo tempo. A água escorrendo gerava uma espécie de paz dentro dela. Molhou as pontas dos dedos, passou-as devagar pelo rosto. O espelho refletia um rosto amassado de pessoa em estado de desordem interna e externa. Começou a escovar os cabelos, fechou a gola do robe amarelo, deu dois beliscões nas faces para torná-las mais coradas. Voltou ao quarto. O marido mudara de posição: encolhido feito feto, mãos cruzadas sobre o peito. Alzira sentou na beira da cama. Espreitou o dia avançando, o medo avançando. Estendeu a mão num experimento de ternura. Retraiu-se. A lembrança da discussão do dia anterior barrava qualquer gesto. Que fazer, que fazer, que fazer, perguntou-se lenta, sem entonação. Não havia resposta. Engoliu algo parecido com um soluço. A cabeça encostada no travesseiro, espiava o dia crescendo. De repente deu com o olhar do marido fixo nela. Aprumou-se inteira, preocupada em afetar uma naturalidade de pessoa surpreendida em meio à higiene íntima.

– Hoje é domingo – disse.

– Pois é – concordou o marido.

E ela queria tanto mas tanto tanto que ele dissesse o nome dela assim bem devagarinho Al-zi-ra como se as sílabas fossem uma casquinha de sorvete quebrada entre os dentes e quase perguntava como é mesmo o meu nome? você lembra do meu nome? mas não adiantaria

ele apenas a olharia surpreendido e se dissesse seria um dizer mecânico não aquele dizer denso lindo fundo e ela não queria isso não queria. Então falou:
– Dia de dormir até tarde.
E dormiu.

Conto do livro *Inventário do ir-remediável.*

OS SAPATINHOS VERMELHOS

Para Silvia Simas

– Dançarás – disse o anjo. – Dançarás com teus sapatos vermelhos... Dançarás de porta em porta... Dançarás, dançarás sempre.

Andersen, "Os sapatinhos vermelhos"

1

Tinha terminado, então. Porque a gente, alguma coisa dentro da gente, sempre sabe exatamente quando termina – ela repetiu olhando-se bem nos olhos, em frente ao espelho. Ou quando começa: certo susto na boca do estômago. Como o carrinho da montanha-russa, naquele momento lá no alto, justo antes de despencar em direção. Em direção a quê? Depois de subidas e descidas, em direção àquele insuportável ponto seco de agora.
Restava acender o cigarro, e foi o que fez. No momento de dar a primeira tragada, apoiou a face nas mãos e, sem querer, esticou a pele sob o olho direito. Melhor assim, muito melhor. Sem aquele ar desabado de cansaço indisfarçável de mulher sozinha com quase quarenta anos, mastigou sem pausa nem piedade. Com os dedos da mão esquerda, esticou também a pele debaixo do outro olho. Não, nem tanto, que assim parecia uma japonesa. Uma japa, uma gueixa, isso é que fui. A puti-

nha submissa a coreografar jantares à luz de velas – Glenn Miller ou Charles Aznavour? –, vertendo trêfega os sais – camomila ou alfazema? – na água da banheira, preparando uísques – uma ou duas pedras hoje, meu bem? Nenhuma pedra, decidiu. E virou a garrafa outra vez no copo. Aprendera com ele, nem gostava antes. Tempo perdido, pura perda de tempo. E não me venha dizer mas teve bons momentos, não teve não? A cabeça dele abandonada em seus joelhos, você deslizando devagar os dedos entre os cabelos daquele homem. Pudesse ver seu próprio rosto: nesses momentos você ganhava luz e sorria sem sorrir, olhos fechados, toda plena. Isso não valeu, Adelina?

Bebeu. outro gole, um pouco sôfrega. Precisava apressar-se, antes que a quinta virasse Sexta-Feira Santa e os pecados começassem a pulular na memória feito macacos engaiolados: não beba, não cante, não fale nome feio, não use vermelho, o diabo está solto, leva sua alma para o inferno. Ela já está lá, no meio das chamas, pobre alminha, nem dez da noite, só filmes sacros na tevê, mantos sagrados, aquelas coisas, Sexta-Feira da Paixão e nem sexo, nem ao menos sexo, isso de meter, morder, gemer, gozar, dormir. Aquela coisa frouxa, aquela coisa gorda, aquela coisa sob lençóis, aquela coisa no escuro, roçar molhado de pelos, baba e gemidos depois de – quantos mesmo? – cinco, cinco anos. Cinco anos são alguma coisa quando se tem quase quarenta, e nem apartamento próprio, nem marido, filhos, herança: nada. Ponto seco, ponto morto.

Ué, você não *escolheu?* Ele ficou então parado à frente dela, muito digno e tão comportadamente um-senhor-de-família-da-Vila-Mariana dentro do terno suavemente cinza, gravata pouco mais clara, no tom exato das meias, sapatos ligeiramente mais escuros. Absolutamente controlado. Nem um fio de cabelo fora do lugar enquanto repetia pausado, didático, convincente – mas Adelina, você sabe tão bem quanto eu, talvez até melhor, a que ponto de desgaste nosso relacionamento chegou. Devia falar desse jeito mesmo com os alunos, impossível que você não perceba como é doloroso para mim mesmo encarar este rompimento. Afinal, a afeição que nutro por você é um fato.

Teria mesmo chegado ao ponto de dizer *nutro*? Teria, teria sim, teria dito nutro & relacionamento & rompimento & afeto, teria dito também estima & consideração & mais alto apreço e toda essa merda educada que as pessoas costumam dizer para colorir a indiferença quando o coração ficou inteiramente gelado. Uma estalactite – estalactite ou estalagmite? merda, umas caíam de cima; outras subiam de baixo, mas que importa: aquela lança fininha de gelo afiado – cravada com extrema cordialidade no fundo do peito dela. Vampira, envelheceria séculos lentamente até desfazer-se em pó aos pés impassíveis dele. Mas ao contrário, tão desamparada e descalça, quase nua, sem maquilagem nem anjo de guarda, dentro de uma camisola velha de pelúcia, às vésperas da Sexta-Feira Santa, sozinha no apartamento e no planeta Terra.

Esmagou o cigarro, baixou a cabeça como quem vai chorar. Mas não choraria mais uma gota sequer, decidiu brava, e contemplou os próprios pés nus. Uns pés pequenos, quase de criança, unhas sem pintura, afundados no tapetinho amarelo em frente à penteadeira. Foi então que lembrou dos sapatos. Na segunda-feira, tentando reunir os fragmentos, não saberia dizer se teria mesmo precisado acender outro cigarro ou beber mais um gole de uísque para ajudar a ideia vaga a tomar forma. Talvez sim, pouco antes de começar a escancarar portas e gavetas de

todos os armários e cômodas, à procura dos sapatos. Que tinham sido presente dele, meio embriagado e mais ardente depois de um daqueles fins de semana idiotas no Guarujá ou Campos do Jordão, tanto tempo atrás. Viu-se no espelho de má qualidade, meio deformada à distância, uma mulher descabelada jogando caixas e roupas para os lados até encontrar, na terceira gaveta do armário, o embrulho em papel de seda azul-clarinho.
Desembrulhou, cuidadosa. Uma súbita calma. Quase bailarina em gestos precisos, medidos, elegantes. O silêncio completo do apartamento vazio quebrado apenas pelo leve farfalhar do papel de seda desdobrado sem pressa alguma. E eram lindos, mais lindos do que podia lembrar. Mais lindos do que tinha tentado expressar quando protestou, comedida e comovida – mas são tão... tão ousados, meu bem, não têm nada a ver comigo. Que evitava cores, saltos, pinturas, decotes, dourados ou qualquer outro detalhe capaz sequer de sugerir sua secreta identidade de ulher-solteira-e-independente-que--tem-um-amante-casado.
Vermelhos – mais que vermelhos: rubros, escarlates, sanguíneos –, com finos saltos altíssimos, uma pulseira estreita na altura do tornozelo. Resplandeciam nas suas mãos. Quase cedeu ao impulso de calçá-los imediatamente, mas sabia instintiva que teria primeiro de cumprir o ritual. De alguma forma, tinha decorado aquele texto há tanto tempo que apenas o supunha esquecido. Como uma estreia adiada, anos. Bastavam as primeiras palavras, os primeiros movimentos, para que todas as marcas e inflexões se recompusessem em requintes de detalhes na memória. O que faria a seguir seria perfeito, como se encenado e aplaudido milhares de vezes.
Perfeitamente: Adelina colocou um disco – nem Charles Aznavour, nem Glenn Miller, mas uma úmida Billie Holiday, *I'm glad, you're bad*, tomando o cuidado

de acionar o botão para que a agulha voltasse e tornasse a voltar sempre, *don't explain*, depois deixou a banheira encher aos poucos de suave água morna, salpicou os sais antes de mergulhar, com Billie gemendo rouca ao fundo, *lover man*, e lavou todos os orifícios, e também os cabelos, todos os cabelos, enfrentou o chuveiro frio, secou o corpo e cabelos enquanto esmaltava as unhas dos pés, das mãos, no mesmo tom de vermelho dos sapatos, mais tarde desenhou melhor a boca, já dentro do vestido preto justo, drapeado de crepe, preso ao ombro por um pequeno broche de brilhantes, escorregando pelo colo para revelar o início dos seios, acentuou com o lápis o sinal na face direita, igualzinho ao de Liz Taylor, todos diziam, sublinhou os olhos de negro, escureceu os cílios, espalhou perfume no rego dos seios, nos pulsos, na jugular, atrás das orelhas, para exalar quando você arfar, minha filha, então as meias de seda negra transparente, costura atrás, tigresa *noir*, Lauren Bacall, e só depois de guardar na carteira talão de cheques, documentos, chave do carro, cigarros e o isqueiro de prata que tirou da caixinha de veludo grená, presente dos trinta e sete, só mesmo quando estava pronta dos pés à cabeça e desligara o toca-discos, porque eles exigiam silêncio – foi que sentou outra vez na penteadeira para calçar os sapatinhos vermelhos.

Apagou a luz do quarto, olhou-se no espelho de corpo inteiro do corredor. Gostou do que viu. Bebeu o último gole de uísque e, antes de sair, jogou na gota dourada do fundo do copo o filtro branco manchado de batom.

2

Eram três, estavam juntos, mas o negro foi o primeiro a pedir licença para sentar. A única mulher sozinha na

boate. Tinha traços finos, o negro, afilados como os de um branco, embora os lábios mais polpudos, meio molhados. Músculos que estalavam dentro da camiseta justa, dos jeans apertados. Leve cheiro de bicho limpo, bicho lavado, mas indisfarçavelmente bicho atrás do sabonete.
— E aí, passeando? — ele perguntou, ajeitando-se na cadeira à frente dela.
Curvou-se para que ele acendesse seu cigarro. A mão grande, quadrada, preta e forte não se moveu sobre a mesa. Ela mesma acendeu, com o isqueiro de prata. Depois jogou a cabeça para trás — a marcação era perfeita —, tragou fundo e, entre a fumaça, soltou as palavras sobre os patéticos pratinhos de plástico com amendoim e pipocas:
— Você sabe, feriado. A cidade fica deserta, essas coisas. Precisa aproveitar, não?
Por baixo da mesa, o negro avançou o joelho entre as coxas dela. Cedeu um pouco, pelo menos até sentir o calor aumentando. Mas preferiu cruzar as pernas, estudada. Que não assim, tão fácil, só porque sozinha. E quase quarentona, carne de segunda, coroa. Sorriu para o outro, encostado no balcão, o moço dourado com jeito de tenista. Não que fosse louro, mas tinha aquele dourado do pêssego quando mal começa a amadurecer espalhado na pele, nos cabelos, provavelmente nos olhos que ela não conseguia ver sem óculos, à distância. O negro acompanhou seu olhar, virando a cabeça sobre o próprio ombro. De perfil — ela notou —, o queixo era brusco, feito a machado. Mesmo recém-feita, a barba rascaria quando se passasse a mão. Antes que dissesse qualquer coisa, ela avançou, voz muito rouca:
— Por que não convida seus amigos para sentar com a gente? — Ele rodou um amendoim entre os dedos. Ela

tomou o amendoim dos dedos dele. O crepe escorregou do ombro para revelar o vinco entre os dois seios: — Acho que você não precisa disso.
　O negro franziu a testa. Depois riu. Passou o indicador nas costas da mão dela, pressionando:
　— Pode crer que não.
　Soprou a fumaça na cara dele:
　— Será?
　— Garanto a você.
　Descruzou as pernas. O joelho dele tornou a apertar o interior de suas coxas. Quero te jogar no solo, a música dizia.
　— Então chame seus amigos.
　— Você não prefere que a gente fique só nós dois?
　Tão escuro ali dentro que mal podia ver o outro, ao lado do tenista dourado. Um pouco mais baixo, talvez. Mas os ombros largos. Qualquer coisa no porte, embora virado de costas para ela, de frente para o balcão, curvado sobre o copo de bebida, qualquer coisa na bunda firme desenhada pelo pano da calça – qualquer coisa ali prometia. Remexeu as pedras de gelo do uísque na ponta das unhas vermelhas.
　— Uns rapazes simpáticos. Assim, sozinhos. Não são seus amigos?
　— Do peito – ele confirmou. E apertou mais o joelho. A calcinha dela ficou úmida. – Tudo gente boa.
　— Gente boa é sempre bem-vinda – falava como a dublagem de um filme. Uma mulher movia o corpo e a boca: ela falava. Um filme preto e branco, bem contrastado, um filme que não tinha visto, embora conhecesse bem a história. Porque alguém contara, em hora de cafezinho, porque vira os cartazes ou lera qualquer coisa numa daquelas revistas femininas que tinha aos montes em casa. As mais recentes, na parte de baixo da mesinha

de vidro da sala. As outras, acumuladas no banheiro de empregada, emboloradas por um eterno vazamento no chuveiro, que a diarista depois levava. Para vender, dizia. E ela odiava contida a ideia das páginas coloridas das revistas dela embrulhando peixe na feira ou expostas naquelas bancas vagabundas do centro da cidade.
– Se você quer mesmo – o negro disse. E esperou que ela dissesse alguma coisa, antes de erguer a mão chamando os outros dois.
– Não quero outra coisa – sussurrou.

E meio de repente – porque depois do quarto ou quinto uísque tudo acontece sempre assim, sem que se possa determinar o ponto exato de transição, quando uma situação passa a ser outra situação –, quase de repente, o tenista-dourado estava ao lado direito dela, e o rapaz mais baixo à sua esquerda. Na cadeira em frente, o negro olhava tudo com atentos olhos suspeitosos. Perguntou o que bebiam, eles disseram juntos e previsíveis: cerveja. Ela falou nossa, bebam algum drinque mais estimulante, vocês vão precisar, rapazes, um ar de Mae West. Todos os três explicaram que estavam duros, a crise, você sabe, mas de jeitos diferentes. O tenista-dourado chegou a puxar o forro do bolso para fora e mostrou, pegando a mão dela, veja, veja só, pegue aqui, mas ela retirou a mão pouco antes de tocar. Tão próximo, calor latejante na beira dos dedos. Problema nenhum, ofereceu pródiga: eu pago. A fita da garrafa pela metade, serviu do uísque dela ao negro e ao tenista-dourado. Não ao mais baixo, que preferia vodca, natasha mesmo serve. Ela então atentou nele pela primeira vez. Todo pequeno e forte, cabelos muito crespos contrastando com a pele branca, lábios vermelhos, barba de dois, três dias, quase emendada nos cabelos do peito fugidos da gola da camisa, mãos cruzadas um tanto tensas, unhas

127

roídas, sobre o xadrez da toalha. Cabeça baixa, concentrado em sua pequenez repleta da vitalidade que, certeira, ela adivinhava mesmo antes de provar.

Pacientes, divertidos, excitados: cumpriram os rituais necessários até chegar no ponto. Que o negro era Áries, jogador de futebol, mês que vem passo ao primeiro escalão, ganhando uma grana. Sérgio ou Silvio, qualquer coisa assim. O tenista-dourado, Ricardo, Roberto, ou seria Rogério? um bancário sagitariano, fazia musculação e os peitos que pediu que tocasse eram salientes e pétreos como os de um halterofilista, sonhava ser modelo, fiz até umas fotos, quiser um dia te mostro, peladinho, e ela pensou: vai acabar michê de veado rico. Do mais baixo só conseguiu arrancar o signo, Leão, isso mesmo porque adivinhou, não revelou nome nem disse o que fazia, estava por aí, vendo qual era, e não tinha saco de fazer social.

Eu? Gil-da, ela mentiu retocando o batom. Mas mentia só em parte, contou para o espelhinho, porque de certa forma sempre fui inteiramente Gilda, Escorpião, e nisso dizia a verdade, atriz, e novamente mentia, só de certa forma, porque toda a minha vida.

Então dançaram, um de cada vez. O negro apoiou a mão pesada na cintura dela e, puxando-a para si, encaixou o ventre dos dois, quase como se a penetrasse assim, ao som de um Roberto Carlos daqueles de motel, o côncavo, o convexo, tão apertado e rijo que ela temeu que molhasse a calça. Mas de volta à mesa, ao acariciar disfarçada o volume, tranquilizou-se antes de sair puxada pela mão dourada do tenista-dourado. Que a fez encostar a cabeça entre os dois peitos dele, cheiro de colônia, desodorante, suor limpo de homem embaixo da camisa polo amarelinha, lambeu a orelha dela, mordiscou a curva do pescoço ao som duma dessas trilhas românticas em inglês de telenovela, até que ela gemesse, toda molhada, implorando que parasse. O mais baixo não quis dançar. Quero foder você, rosnou: pra que essa frescura toda?

Foi quando ela levantou a perna, apoiando o pé na borda da cadeira que todos viram o sapato vermelho. Depois dos comentários exaltados, as meticulosas preparações estavam encerradas, a boate quase vazia, sexta-feira instalada, e era da Paixão, cinza cru de amanhecer urbano entrando pelas frestas, o único garçom impaciente, cadeiras sobre as mesas. Tinham chegado ao ponto. O ponto vivo, o ponto quente.

– Pra onde? – perguntou o tenista-dourado.

– Meu apartamento, onde mais? – ela disse, terminando de assinar o cheque, três estrelas, caneta importada.

– Mas afinal, com quem você quer ir? – o negro quis saber.

Ela acariciou o rosto do mais baixo:

– Com os três, ora.

Apesar do uísque, saiu pisando firme nos sapatos vermelhos, os três atrás. Lá fora, na luz da manhã, antes de entrarem no carro que o manobrista trouxe e o tenista-dourado fez questão de dirigir, os sapatos vermelhos eram a única coisa colorida daquela rua.

3

Que tirasse tudo, menos os sapatos – os três imploraram no quarto em desordem. Garrafa de uísque na penteadeira, Fafá de Belém antiga no toca-discos (escolha do tenista-dourado, o negro queria Alcione), cinzeiro transbordante na mesinha de cabeceira. Tirou tudo, jogando para os lados. Menos as meias de seda negra, com costura atrás, e os sapatos vermelhos. Nua, jogou-se na colcha de chenile rosa, as pernas abertas. Eles a cercaram lentos, jogando as zorbas sobre o crepe negro. O negro veio por trás, que gostava assim, tão apertadinho. Ela nunca tinha feito, mas ele jurou no ouvido que seria cuidadoso, depois mordeu-a nos ombros, enquanto a virava de perfil, muito suavemente, molhando-a de saliva com o dedo, para que o mais baixo pudesse continuar a lambê-la entre as coxas, enquanto o tenista-dourado, de joelhos, esfregava o pau pelo rosto dela, até encontrar a boca. Tinha certo gosto também de pêssego, mas verde demais, quase amargo, e passando as mãos pelas costas dele confirmou aquela suspeita anterior de uma penugem macia num triângulo pouco acima da bunda, igual ao do peito, acinzentado pelo amanhecer varando persianas, mas certamente dourado à luz do sol. Foi quando o negro penetrou mais fundo que ela desvencilhou-se do tenista-dourado para puxar o mais baixo sobre si. Ele a preencheu toda, enquanto ela tinha a sensação estranha de que, ponto remoto dentro dela, dos dois lados de uma película roxa de plástico transparente, como num livro que lera, os membros dos dois se tocavam, cabeça contra cabeça. E ela primeiro gemeu, depois debateu-se, procurou a boca dourada do tenista-dourado e quase, quase chegou lá. Mas preferia servir mais uísque, fumar outro cigarro, sem pressa alguma, porque pedia mais, e eles davam, generosos, e absolutamente não se espantar quando então invertiam-se as posições, e o tenista-dourado vinha por trás ao mesmo tempo que o mais baixo introduzia-se em sua boca, e o negro metido dentro dela conseguia transformar os gemidos em gritos cada vez mais altos, fodam-se os vizinhos, depois cada vez mais baixos novamente, rosnados, grunhidos, até não passarem de soluços miudinhos, sete galáxias atravessadas, o sol de Vega no décimo quarto grau de Capricórnio e a cara afundada nos cabelos pretos encaracolados do negro peito largo dele. De outros jeitos, de todos os jeitos: quatro, cinco vezes. Em pé, no banheiro, tentando aplacar-se embaixo da água fria do chuveiro. Na sala, de quatro nas almofadas de cetim, sobre o sofá, depois no chão. Na cozinha, procurando engov e passando café, debruçada na pia. Em frente ao espelho de corpo inteiro do corredor, sem se chocar que o mais baixo de repente viesse também por trás do tenista-dourado dentro dela, que acariciava o pau do negro até que espirrasse em jatos sobre os sapatos vermelhos dela, que abraçava os três, e não era mais Gilda, nem Adelina nem nada. Era um corpo sem nome, varado de prazer, coberto de marcas de dentes e unhas, lanhado dos tocos das barbas amanhecidas, lambuzada do leite sem dono dos machos das ruas. Completamente satisfeita. E vingada.

Quando finalmente se foram, bem depois do meio-dia, antes de jogar-se na cama limpou devagar os sapatos com uma toalha de rosto que jogou no cesto de roupa suja. Foi o neon, repetiu andando pelo quarto, aquelas luzes verdes, violeta e vermelhas piscando em frente à boate, foi o neon maligno da Sexta-Feira Santa, quando o diabo se solta porque Cristo está morto, pregado na cruz. Quando apagou a luz, teve tempo de ver-se no espelho da penteadeira, maquilagem escorrida pelo rosto todo, mas um ar de triunfo escapando do meio dos cabelos soltos.

Acordou no Sábado de Aleluia, manhã cedo, campainha furando a cabeça dolorida. Ele estava parado no corredor, dúzia de rosas vermelhas e um ovo de Páscoa nas mãos, sorriso nos lábios pálidos. Não era preciso dizer nada. Só sorrir também. Mas ela não sorria quando disse:

– Vai embora. Acabou.
Ele ainda tentou dizer alguma coisa, aquele ridículo terno cinza. Chegou mesmo a entrar um pouco na sala antes que ela o empurrasse aos gritos para fora, quase inteiramente nua, a não ser pelas meias de seda e os sapatos vermelhos de saltos altíssimos. Havia um cheiro de cigarro e bebida e gozo entranhado pelos cantos do apartamento, a cara de ressaca dela, manchas roxas de chupões no colo. Pela primeira, única e última vez ele a chamou muitas vezes de puta, puta vadia, puta escrota depravada pervertida. Jogou o ovo e as rosas vermelhas na cara dela e foi embora para sempre.
Só então ela sentou para tirar os sapatos. Na carne dos tornozelos inchados, as pulseiras tinham deixado lanhos fundos. Havia ferimentos espalhados sobre os dedos. Tomou banho muito quente, arrumou a casa toda antes de deitar-se outra vez – o broche de brilhantes tinha desaparecido, mas que importava: era falso –, tomar dois comprimidos para dormir o resto do sábado e o domingo de Páscoa inteiros, acordando para comer pedaços de chocolate de ovo espatifado na sala.
Segunda-feira no escritório, quando a viram caminhando com dificuldade, cabelos presos, vestida de marrom, gola fechada, e quiseram saber o que era – um sapato novo, ela explicou muito simples, apertado demais, não é nada. Voltavam a doer, os ferimentos, quando ameaçava chuva. E ao abrir a terceira gaveta do armário para ver o papel de seda azul-clarinho guardando os sapatos, sentia um leve estremecimento. Tentava – tentava mesmo? – não ceder. Mas quase sempre o impulso de calçá-los era mais forte. Porque afinal, dizia-se, como num conto de Sonia Coutinho, há tantas sextas-feiras, tantos luminosos de neon, tantos rapazes solitários e gostosos perdidos nesta cidade suja... Só pensou em

jogá-los fora quando as varizes começaram a engrossar, escalando as coxas, e o médico então apalpou-a nas virilhas e depois avisou quê.

Conto do livro *Os dragões não conhecem o paraíso*.

CREME DE ALFACE

Enfim, enumerou na esquina, Raul se enforcara no banheiro, cinco anos exatos amanhã, e este maldito velho com passinho de tartaruga bem na minha frente, eu tenho pressa, quero gritar que tenho muita pressa, Lucinda quebrou as duas pernas atropelada por um corcel azul três dias depois da Martinha confessar que estava grávida de três meses, e não quer casar, a putinha, desculpe, mas o senhor não quer deixar eu passar? tenho pressa, meu senhor, o telegrama, a putinha, crispou as mãos de unhas vermelhas pintadas na alça da bolsa, pivetes imundos, tinham que matar todos, venha urgente, ir como com aquele desconto de trinta por cento no salário e todos os crediários, papai muito mal pt, apoiou-se, não, não se apoiou, não havia onde se apoiar, apenas pensou no apoio de alguma coisa sólida que não estava ali, havia só os corpos, centenas deles indo e vindo pela avenida, ela roçando contra as carnes suadas, sujas, as gosmas nas lentes dos óculos, como se não bastasse a tia Luiza agora que nem criancinha, mijando nas calças, brincando de boneca, dá licença, minha senhora, tenho seis crediários para pagar ainda hoje sem falta, aqueles jornais cheios de horrores, aqueles negrinhos gritando loterias, porcarias, aquele barulho das britadeiras furando o concreto, naquele dia, a fumaça negra dos ônibus e eu de blusa branca, a idiota, introduzindo devagar a chave na porta do apartamento de Arthur, buquê de crisântemos na outra mão, uma hora tão inesperada, e tão inesperados os crisântemos, a senhora não vai andar mesmo? o sinal já abriu faz horas, só uma cretina seria capaz de trazer duas crianças ao centro da cidade a esta hora, ele jamais poderia imaginar, o ruído leve da chave abrindo a porta, animal, por que não olha onde pisa? atravessar a sala na ponta dos pés, abrir a porta do quarto e de repente a bunda nua de Arthur subindo e descendo sobre o par de coxas escancaradas da empregadinha, meu deus, mulatinha ordinária, se pelo menos fosse uma profissional, eu podia entender, eu não podia entender, vomitou no elevador sobre os crisântemos amarelos, não, não sei onde é a Casa Oriente, pergunte para o guarda, agora ele vai morrer, será castigo? câncer no baço, nunca mais seu cheiro de cavalo limpo, nunca mais o peso e os pelos de seu peito sobre meus seios quase murchos, a putinha, a mulatinha vadia, por isso me olhava com aquele ar superior, ainda por cima esse calor absurdo em pleno inverno, o eixo da Terra, dizem, a estufa, o ozônio, tudo um horror, em dez anos estaremos todos surdos, cegos, envenenados, as lãs do começo do dia vertendo suores entre as pernas, como é que uma gorda dessas pode sair à rua ao lado de outra gorda ainda mais larga? fazem de tudo para atravancar o movimento alheio, se pelo menos tivessem avisado a gente, você não vai me vencer, ouviu bem sua vida de merda? eu vou ganhar de você no braço na raça e quem se meter no meu caminho eu mato, sem falar no Marquinhos o tempo todo enfiando aquelas coisas nas veias, roubando coisas pra comprar a droga, e sou eu sozinha quem carrega todo esse peso nas costas, isso ninguém percebe, ninguém valoriza, não, eu não nasci para viver neste tempo, sensível demais, no colégio já diziam, certo talento pra dança, eu tinha, e a Lia Augusta agora querendo ser modelo, fortunas naquelas fotos, não tenho nada com isso mas falei assim pra Iolanda, bem na cara dela: é tudo puta, o senhor por favor poderia fazer o obséquio de tirar o cotovelo da minha barriga? porque precisa ser super-humana, vocês estão me entendendo, seus porcos, boiada, manada, desviou com nojo do velho, a pústula exposta, vai pedir dinheiro na Secretaria da Fazenda, já cansei de dizer que mendigo é problema social, não pessoal, a cadela da Rosemari bebendo cada vez mais, meio litro de uísque até o meio-dia, depressão, ela diz, no meu tempo isso tinha outro nome, poucavergonha era como se chamava, este fio fino de arame atravessado na minha testa, de têmpora a têmpora, vibrando sem parar, é preciso sim ser biônica atômica supersônica eletrônica, vocês pensam que eu sou de ferro?

Quando ia começar a rir alto parada na esquina, viu a bilheteria do cinema, a franja de Jane Fonda, imaginou a temperatura amena, o escuro macio na medida exata entre o seco e o úmido e pelo menos, decidiu olhando o relógio, ainda dá tempo, os crediários podem esperar, pelo menos duas horas santas limpas boas de uma outra vida que não a minha, a tua, a dela, a nossa, uma vida em que tudo termina bem.

*

Foi então que a menina segurou seu braço pedindo um troquinho pelo amor de deus pro meu irmãozinho que tá no hospital desenganado, pra minha mãezinha que tá na cama entrevada, tia. Ela disse não tenho, crispando as unhas vermelhas na alça da bolsa enquanto puxava a entrada do outro lado do vidro da bilheteria. A menina insistia só um troquinho pro meu irmãozinho e pra minha mãezinha, moça bonita, tão perfumada. Ela repetiu não tenho e de novo não tenho, mas a menina olhava o troco pedindo cinquenta centavinhos, uma tia tão bonita, eu tô com tanta fome e o meu irmãozinho desenganado no hospital e a minha mãezinha entrevada em casa, eu que cuido. Ela gritou não tenho porra, e foi tentando andar em direção à porta do cinema, não me enche o saco, caralho, em volta os outros olhavam, e não me chama de tia, mas a menina não largava seu braço. Assim: ela segurando com força a alça da bolsa fechada enquanto tentava andar, e sem querer arrastando a menina que não parava de pedir. Ela sacudiu com força o braço como quem quer se livrar de um bicho, uma coisa suja grudada, enleada, e foi então que a menina cravou fundo as unhas no seu braço e gritou bem alto, todo mundo ouvindo apesar do barulho dos carros, dos ônibus, dos camelôs, das britadeiras, a menina gritou: sua puta sua vaca sua rica fudida lazarenta vai morrer toda podre.

Tão exato, subitamente. Inesperado, perfeito. Mais contração que gesto. Mais reflexo que movimento. Como um passo de dança ensaiado, repetido, estudado. E executado agora, em plenitude.

Ela ergueu a perna direita e, com o joelho, pelo estômago, jogou a menina contra a parede. A menina escorregou gritando cadela filha da puta rica nojenta vai morrer toda podre. Mas tantos carros passando e tanto barulho mas tanto tanto, justificaria depois, à noite, na mesa do jantar, bem natural, servindo a sopa ainda não decidira se de ervilhas ou aspargos, sabem, hoje me aconteceu uma coisa que, tudo vibrando tanto, tudo se movendo tanto, tudo girando tanto, esse arame atravessado na minha testa, uma coroa de espinhos. Certeira, com a ponta fina da bota acertou várias vezes as pernas da menina caída. Alonga e contrai e bate e volta e alonga e contrai e bate e volta: exatamente como numa dança, certo talento, todos diziam. Mas não esperou pelo sangue. Afastou as pessoas em volta com os cotovelos, só o tempo de comprar um pacote de pipocas, para afundar naquele escuro exato, nem úmido nem seco, em tempo ainda de ver no espelho da sala de espera uma cara de mulher quase moça, cabelos empastados de suor, roxas olheiras fundas e mãos de unhas vermelhas pintadas crispadas com força na alça da bolsa.

*

Quase uma assassina, não pensou, meu deus, quase uma criminosa, espalhando-se sem horror na poltrona no momento em que as luzes começavam a diminuir. Apertou a bolsa no colo, puxou com as unhas, para baixo, a gola alta arranhando o pescoço, cheiro de bicho, sentiu, cheiro meu de bicho eu brotando do meio dos meus seios quase murchos, seis crediários e esse dinheiro por um filme que nem sei direito, Arthur deve estar morrendo mais um pouco agora, os cabelos finos e frágeis da quimioterapia. Ah, se enforcar feito Raul, se deixar atropelar igual Lucinda, regredir como tia Luiza, emprenhar que nem Martinha, trair como Arthur, se drogar igual Marquinhos, beber feito Rosemari, virar puta que nem Lia Augusta: biônica atômica supersônica eletrônica – catatônica o dia inteiro no canto do pátio, enrolando no dedo um fio de cabelo ensebado, os outros mijando e cagando em cima dela, a pia cheia de louça de três meses, lesmas, musgos, visgos, deixar apodrecer a vida como a vida deixou apodrecer o coração, não,

não nasci para este mundo, a bunda nua subindo e descendo sobre um par de coxas alheias, ainda por cima mulatas, nunca mais e eu de blusa branca e com crisântemos amarelos, puta fudida, cadela escrota, ai que vou morrer toda podre por dentro, por fora.

O bico da bota ardia querendo mais, cinco anos no fundo de uma cama, e de repente o contato do joelho quente de uma perna estendendo-se da poltrona ao lado, tentou prestar atenção nas imagens, a silhueta das cabeças, meu deus, que boca tem a Jane Fonda, pensou em mudar de lugar, mas tão cansada, um oceano de paz, e antes de decidir arriscou um olho para o nariz poderoso do macho ao lado desenhado no escuro a seu lado, e suspirou por que não, ninguém vai saber, cadela gorda no cio afundada cada vez mais na poltrona, a boca cheia de pipocas.

Pouco antes de abrir as pernas deixando os dedos dele subirem pelas coxas, bem devagar, para não assustá-lo, ainda esfregou as palmas secas das mãos uma contra a outra, tão ásperas, o espelho da sala de espera, uma lixa, que pele meu deus tem a Jane Fonda, o lixo das ruas e o roxo das olheiras tão fundas, mas tão fundas pensou acariciando o rosto enquanto um dedo dele entrava mais fundo, tão fundas que resolveu, eu mereço, danem-se os crediários, custe o que custar saindo daqui vou comprar imediatamente um bom creme de alface.

Conto do livro *Ovelhas negras*.

SIM, ELE DEVE TER UM
ASCENDENTE EM PEIXES

Aquela noite, à hora de costume, ao voltar para casa Ele virou várias vezes a chave na fechadura e não conseguiu abrir a porta. Fazia frio, Ele estava com dor de barriga: não tinha agasalho e, por razões que o psiquiatra ainda não descobrira, só conseguia frequentar seu próprio banheiro. Ele morava sozinho e só tinha aquela chave. Ele deu algumas voltas na calçada, olhou para cima como se acreditasse em Deus, e tentou novamente. Ele tentou mais de dez vezes, mas não conseguiu abrir a porta. Afastou-se um pouco para pensar e, olhando bem para a casa, concluiu que talvez não fosse aquela. Mas. Ele não se enganava: nunca. E tentou reorganizar os detalhes na memória: o gramado seco que fora jardim um dia entre o muro baixo e descascado e a porta de madeira escura. E o muro não era tão baixo nem tão descascado nem a grama tão seca nem tão escura a madeira da porta.

    Ele ficou um pouco confuso e voltou até a parada de ônibus para refazer o itinerário, embora morasse naquela zona havia mais de quinze anos e nunca tivesse errado o caminho, mesmo aos sábados, quando bebia duas – no máximo três – doses de uísque nacional. Na parada de ônibus estava o mesmo negro alto que ali ficava todas as noites (Ele ouvira os vizinhos comentarem que o negro era passador de fumo). Mas ficou aliviado ao ver que a parada continuava a mesma, com o poste de luz amarela e a placa meio torta para o lado esquerdo, sem falar no negro alto encostado no poste, os olhos empapuçados. Mas, olhando bem, a luz era um pouco mais forte, embora o poste fosse mais alto, e a placa continuava despencada, mas para o lado direito – e o negro. O negro não era tão alto, nem estava encostado no poste, nem tinha os olhos empapuçados. Ele pensou que talvez não tivesse prestado *bem* atenção no negro e que o poste, a luz e a placa podiam ter sido modificados por um-daqueles-serviços-públicos-sempre-tão-deficientes, e o negro, o negro podia ser outro, ou ter sido sempre aquele, afinal, prestava *bem* atenção nas coisas apenas uma vez, a primeira, depois passava adiante, a memória confirmando (quinze anos). E nunca tinha se enganado, nunca. Então chegou perto do negro e olhou-o de cima a baixo sem dizer nada, até o negro perguntar devagar-e-muito-gentil se queria alguma coisa. Ele disse que não, que muito obrigado, que não fumava, mas não conseguiu parar de olhar para o negro que continuava olhando gentilmente para ele e agora começava a sorrir com uns-dentes-claros-muito-bons. Um pouco desorientado, Ele bateu com dois dedos no chapéu de feltro e foi andando pelo itinerário que devia ser o mesmo.

 Quase na esquina da rua que devia ser a sua começou a ouvir uns passos atrás dos seus, e olhou, e era o negro que vinha vindo lentamente, as mãos nos bolsos e aquele sorriso gentil nos lábios grossos. Ele pensou rapidamente em coisas como assaltos, assassinatos, banditismos os mais variados, mas bastava chegar à esquina, dobrar à esquerda e mais dois passos: estaria chegando

em sua casa de muro-baixo-meio-descascado-separado-
-da-madeira-escura-da-porta-pela-grama-áspera-quase-
-morta. Para certificar-se, olhou para cima, para a placa
da rua, uma placa velha, de letras brancas sobre um fundo azul-marinho: e estava lá: Rua das Hortênsias. Suspirou aliviado, um segundo, depois ficou pensando quase com certeza que a rua era das Rosas, não das Hortênsias. Foi aí que o negro chegou bem perto dele e parou. Ele perguntou por favor, onde ficava a Rua das Rosas? e o negro sorriu sacana dizendo que não tinha fósforos. Sem outra saída, Ele virou à esquerda, embora a rua não fosse a das Rosas, e apressou o passo, e o negro também apressou o passo, e só se ouvia o som de quatro pés batendo rápidos na rua de casas antigas, sem rosas nem hortênsias.

Na frente da casa que devia ser a sua, Ele parou para enxugar o suor que escorria da testa, embora fizesse frio, ainda há pouco, e lembrou com pavor que na esquina o negro apertara qualquer coisa no bolso, uma coisa longa, provavelmente uma faca, e tremeu, e pensou em correr, mas o negro tinha chegado perto e não havia jeito de fugir sem mostrar que estava com medo. Ele sorriu nervoso apontando a casa e disse que não era a sua, que a chave não servia. O negro não disse nada. Ele ficou olhando a ponta dos sapatos e lembrou de perguntar que bairro era aquele, e perguntou. Mas o negro sorriu daquele jeito sacana outra vez e apertou no bolso a coisa longa – certamente uma faca – e disse que também não sabia, nem que cidade, quanto mais o bairro, nem que país, e riu, e foi chegando muito perto. Ele olhou em volta, tentando reconhecer a rua de casas velhas, como quinze anos antes, quando olhara pela primeira vez, a memória confirmando todos os dias: as casas velhas, os paralelepípedos meio desfalcados, uma árvore na esquina, não lembrava bem se um salgueiro, um plátano ou uma casuarina, algumas hortênsias, ou rosas, ou petúnias. Mas isso não importava mais: não havia salgueiros nem plátanos nem casuarinas em nenhuma das quatro esquinas, e as casas eram novas, e os paralelepípedos corretos, sem falhas nem buracos, e nem hortênsias nem rosas nem petúnias. Mesmo assim resolveu abrir o portão e entrar, quase obrigado, porque o negro estava muito perto, com a coisa longa prestes a sair do bolso para entrar no seu peito, como nos jornais. E entrando rapidamente pelo jardim bem cuidado, Ele foi dizendo sem olhar para trás que desculpasse, que não tinha dinheiro, que era fim de mês, que dentro de uma semana quem sabe, no máximo duas. O negro sorria muito próximo repetindo que não tinha importância não, não tinha, prazer era prazer, e Ele já estava quase encurralado contra a porta, uma chave inútil nas mãos. Colocou-a novamente na fechadura e foi virando várias vezes, sem resultado, o rosto contra a madeira clara da porta e a pressão aguda da certamente uma faca do negro contra as suas nádegas.

Foi então que Ele decidiu perder mesmo a calma, a barriga doía muito e o frio estava apertando, e bateu disposto a gritar se fosse preciso. O negro recuou um pouco, mas Ele sorriu tranquilizador, não podia mostrar medo, e o negro voltou a aproximar-se enquanto Ele batia batia batia. Até que uma luz acendeu dentro de casa e Ele ouviu o barulho de uma chave útil dando voltas na fechadura para abrir a porta que mostrou uma cabeça despenteada de mulher loura. Ele pensou em explicar que não sabia como: a casa não era sua, nem a parada do ônibus, nem a rua, hortênsias, rosas, petúnias, salgueiros, plátanos, casuarinas, talvez nem o bairro ou a cidade – ou o mundo, até, não era aquele. Embora Ele não se enganasse, nun-ca. Mas a mulher não pedia nenhuma explicação: sorria da mesma forma do negro e escancarava a porta sem dizer nada. Ele enxergou a escada no fundo do corredor e começou a correr para lá. Ao fim do primeiro lance, ouviu os passos do negro e da mulher correndo atrás dele. A escada escura não terminava nunca, a mão ia tocando a poeira pelo corrimão, a barriga doía e seus ouvidos ouviam seis pés, inclusive os dele, batendo contra os degraus, cada vez mais rapidamente. A escada escura: a escada escura não terminava nunca. Ele sentia mãos estendidas atrás dele, quase a tocá-lo, como num complô, pensou em voltar-se e sorrir para tranquilizá-los, mas estava escuro, de nada adiantaria, o chapéu caiu numa curva, a escada era cheia de curvas, e Ele ouviu o som fofo do feltro pisado por quatro pés, um após o outro, e alguns palavrões, mas depois viu uma pequena luz no fim de um longo corredor. E foi correndo cada vez mais velozmente em direção à luz, até chegar bem perto e ver que era uma vidraça e, feito um automóvel desgovernado, não pôde deter os passos e então sentiu a carne varando os vidros, a barriga solta, o frio um pouco mais intenso, depois, um segundo antes de cair sobre a grama ressecada e áspera do jardim, olhou bem para uma porta de madeira escura, e um muro baixo, meio descascado, e as velhas casas em torno, e os paralelepípedos no meio da rua, com algumas hortênsias, e uma árvore qualquer na esquina, não sabia bem se salgueiro, plátano ou casuarina, mas não tinha importância, a chave servia, Eu, pensou antes da dor da faca entrando em sua nuca despenteada: Eu sempre disse que nunca me enganei.

Conto do livro *Pedras de Calcutá*.

AQUELES DOIS

(História de aparente mediocridade e repressão)

Em memória de Rofran Fernandes

*I announce adhesiveness, I say it shall be limitless, unloosen'd
I say you shall yet find the friend you were looking for.*

Walt Whitman, "So long!"

1

A verdade é que não havia mais ninguém em volta. Meses depois, não no começo, quando não havia ainda intimidade para isso, um deles diria que a repartição era como "um deserto de almas". O outro concordou sorrindo, orgulhoso, sabendo-se excluído. E longamente então, entre cervejas, trocaram ácidos comentários sobre as mulheres mal-amadas e vorazes, os papos de futebol, amigo secreto, lista de presente, bookmaker, bicho, endereço de cartomante, clipes no relógio de ponto, vezenquando salgadinhos no fim do expediente, champanhe nacional em copo de plástico. Num deserto de almas também desertas, uma alma especial reconhece de imediato a outra – talvez por isso, quem sabe? Mas nenhum deles se perguntou.

Não chegaram a usar palavras como *especial, diferente* ou qualquer outra assim. Apesar de, sem efusões, terem se reconhecido no primeiro segundo do primeiro minuto. Acontece porém que não tinham preparo algum para dar nome às emoções, nem mesmo para tentar entendê-las. Não que fossem muito jovens, incultos demais ou mesmo um pouco burros. Raul tinha um ano mais que trinta; Saul, um a menos. Mas as diferenças entre eles não se limitavam a esse tempo, a essas letras. Raul vinha de um casamento fracassado, três anos e nenhum filho. Saul, de um noivado tão interminável que terminara um dia, e um curso frustrado de arquitetura. Talvez por isso, desenhava. Só rostos, com enormes olhos sem íris nem pupilas. Raul ouvia música e, às vezes, de porre, pegava violão e cantava, principalmente velhos boleros em espanhol. E cinema, os dois gostavam.

Passaram no mesmo concurso para a mesma firma, mas não se encontraram durante os exames. Foram apresentados no primeiro dia de trabalho de cada um. Disseram prazer, Raul, prazer, Saul, depois como é mesmo o seu nome? sorrindo divertidos da coincidência. Mas discretos, porque eram novos na firma e a gente, afinal, nunca sabe onde está pisando. Tentaram afastar-se quase imediatamente, deliberando limitarem-se a um cotidiano oi, tudo bem ou no máximo, às sextas, um cordial bom--fim-de-semana-então. Mas desde o princípio alguma coisa – fados, astros, sinas, quem saberá? – conspirava contra (ou a favor, por que não?) aqueles dois.

Suas mesas ficavam lado a lado. Nove horas diárias, com intervalo de uma para o almoço. E perdidos no meio daquilo que Raul (ou teria sido Saul?) meses depois chamaria de "um deserto de almas", para não sentirem tanto frio, tanta sede, ou simplesmente por serem humanos, sem querer justificá-los – ou, ao contrário, justificando-os plena e profundamente, enfim: que mais restava àqueles dois senão, pouco a pouco, se aproximarem, se conhecerem, se misturarem? Pois foi o que aconteceu. Mas tão lentamente que eles mesmos mal perceberam.

2

Eram dois moços sozinhos. Raul viera do Norte, Saul do Sul. Naquela cidade todos vinham do Norte, do Sul, do Centro, do Leste – e com isso quero dizer que esse detalhe não os tornaria especialmente diferentes. Mas no deserto em volta, todos os outros tinham referenciais – uma mulher, um tio, uma mãe, um amante. Eles não tinham ninguém naquela cidade – de certa forma, também em nenhuma outra – a não ser a si próprios. Poderia dizer também que não tinham nada, mas não seria inteiramente verdadeiro.

Além do violão, Raul tinha um telefone alugado, um toca-discos com rádio e um sabiá na gaiola, chamado Carlos Gardel. Saul, uma televisão colorida com imagem fantasma, cadernos de desenho, vidros de tinta nanquim e um livro com reproduções de Van Gogh. Na parede do quarto, uma outra reprodução também de Van Gogh: aquele quarto com a cadeira de palhinha parecendo torta, a cama estreita, as tábuas manchadas do assoalho. Deitado, Saul tinha às vezes a impressão de que o quadro era um espelho refletindo quase fotograficamente o próprio quarto, ausente apenas ele mesmo. Quase sempre, era nessas ocasiões que desenhava.

Eram dois moços bonitos, todos achavam. As mulheres da repartição, casadas, solteiras, ficaram nervosas quando eles surgiram, tão altos e altivos, comentou de olhos arregalados uma secretária. Ao contrário dos outros homens, alguns até mais jovens, nenhum deles tinha barriga ou aquela postura desalentada de quem carimba ou datilografa papéis oito horas por dia. Moreno de barba forte azulando o rosto, Raul era um pouco mais definido, com sua voz de baixo profundo, tão adequada aos boleros amargos que gostava de cantar. Tinham a mesma altura, o mesmo porte, mas Saul parecia um pouco menor e mais frágil, talvez pelos cabelos claros, cheios de caracóis miúdos, olhos assustadiços, azul desmaiado. Eram bonitos juntos, diziam as moças, um doce de olhar. Sem terem exatamente consciência disso, quando juntos os dois aprumavam ainda mais o porte e, por assim dizer, quase cintilavam, o bonito de dentro de um estimulando o bonito de fora do outro e vice-versa. Como se houvesse, entre aqueles dois, uma estranha e secreta harmonia.

3

Cruzavam-se silenciosos, mas cordiais, junto à garrafa térmica do cafezinho, comentando o tempo ou a chatice do trabalho, depois voltavam às suas mesas. Muito de vez em quando um pedia fogo ou um cigarro ao outro, e quase sempre trocavam frases como tanta vontade de parar, mas nunca tentei, ou já tentei tanto, agora desisti. Durou tempo, aquilo. E teria durado muito mais, porque serem assim fechados, quase remotos, era um jeito que traziam de longe. Do Norte, do Sul, de dentro talvez.

Até um dia em que Saul chegou atrasado e respondendo a um vago que-que-houve contou que tinha ficado até tarde assistindo a um velho filme na televisão. Por educação, ou cumprindo ritual, ou apenas para que o outro não se sentisse mal chegando quase às onze, apressado, barba por fazer, Raul deteve os dedos sobre o teclado da máquina e perguntou: que filme? *Infâmia*,* Saul contou baixo, Audrey Hepburn, Shirley MacLayne, um filme muito antigo, ninguém conhece. Raul olhou-o devagar, e mais atento, como ninguém conhece? eu conheço e gosto muito, não é aquela história das professoras que. Abalado, convidou Saul para um café, e no que restava daquela manhã muito fria de junho, o prédio feio mais do que nunca parecendo uma prisão ou clínica psiquiátrica, falaram sem parar sobre o filme.

Outros filmes viriam nos dias seguintes, e tão naturalmente como se alguma forma fosse inevitável, também vieram histórias pessoais, passados, alguns sonhos, pequenas esperanças e sobretudo queixas. Daquela firma, daquela vida, daquele nó, confessaram uma tarde cinza de sexta, apertado no fundo do peito. Durante aquele fim de semana obscuramente desejaram, pela primeira vez, um em sua quitinete, outro no quarto de pensão, que o sábado e o domingo caminhassem depressa para dobrar a curva da meia-noite e novamente desaguar na manhã de segunda-feira, quando outra vez se encontrariam para: um café. Assim foi, e contaram um que tinha bebido além da conta, outro que dormira quase o tempo todo. De muitas coisas falaram aqueles dois nessa manhã, menos da falta um do outro que sequer sabiam claramente ter sentido.

Atentas, as moças em volta providenciavam esticadas aos bares depois do expediente, gafieiras, discotecas, festinhas na casa de uma, na casa de outra. A princípio esquivos, acabaram cedendo, mas quase sempre enfiavam-se pelos cantos e sacadas para trocar suas histórias

---

(*) *The children's hour*, de William Wyler. Adaptação da peça de Lilian Hellmann.

intermináveis. Uma noite, Raul pegou o violão e cantou "Tu me acostumbraste". Nessa mesma festa, Saul bebeu demais e vomitou no banheiro. No caminho até os táxis separados, Raul falou pela primeira vez no casamento desfeito. Passo incerto, Saul contou do noivado antigo. E concordaram, bêbados, que estavam ambos cansados de todas as mulheres do mundo, suas tramas complicadas, suas exigências mesquinhas. Que gostavam de estar assim, agora, sós, donos de suas próprias vidas. Embora, isso não disseram, não soubessem o que fazer com elas.

Dia seguinte, de ressaca, Saul não foi trabalhar nem telefonou. Inquieto, Raul vagou o dia inteiro pelos corredores subitamente desertos, gelados, cantando baixinho "Tu me acostumbraste", entre inúmeros cafés e meio maço de cigarros a mais que o habitual.

4

Os fins de semana foram se tornando tão longos que um dia, no meio de um papo qualquer, Raul deu a Saul o número de seu telefone, alguma coisa que você precisar, se ficar doente, a gente nunca sabe. Domingo depois do almoço, Saul ligou só para saber o que o outro estava fazendo, e visitou-o, e jantaram juntos a comidinha mineira que a empregada deixara pronta no sábado. Foi dessa vez que, ácidos e unidos, falaram no tal deserto, nas tais almas.

Há quase seis meses se conheciam. Saul deu-se bem com Carlos Gardel, que ensaiou um canto tímido ao cair da noite. Mas quem cantou foi Raul: "Perfídia", "La barca", "Contigo en la distancia" e, a pedido de Saul, outra vez, duas vezes, "Tu me acostumbraste". Saul gostava principalmente daquele pedacinho assim *sutil llegaste a mí como una tentación llenando de inquietud mi corazón.* Jogaram algumas partidas de buraco e, por volta das nove, Saul se foi.

Na segunda-feira não trocaram uma palavra sobre o dia anterior. Mas falaram mais que nunca, e muitas vezes foram ao café. As moças em volta espiavam, às vezes cochichavam sem que eles percebessem. Nessa semana, pela primeira vez almoçaram juntos na pensão de Saul, que quis subir ao quarto para mostrar os desenhos, visitas proibidas à noite, mas faltavam cinco para as duas e o relógio de ponto era implacável. Pouco tempo depois, com o pretexto de assistir a *Vagas estrelas da Ursa* na televisão de Saul, Raul entrou escondido na pensão, uma garrafa de conhaque no bolso interno do paletó. Sentados no chão, costas apoiadas na cama estreita, quase não prestaram atenção no filme. Não paravam de falar. Cantarolando *"Io che non vivo"*, Raul viu os desenhos, olhando longamente a reprodução de Van Gogh, depois perguntou como Saul conseguia viver naquele quartinho tão pequeno. Parecia sinceramente preocupado. Não é triste? perguntou. Você não se sente só? Saul sorriu forte: a gente acostuma.

Aos domingos, agora, Saul sempre telefonava. E vinha. Almoçavam ou jantavam, bebiam, fumavam, jogavam cartas, falavam o tempo todo. Enquanto Raul cantava – vezenquando "El dia que me quieras", vezenquando "Noche de ronda" –, Saul fazia carinhos lentos na cabecinha de Carlos Gardel pousado no seu dedo indicador. Às vezes olhavam-se. E sempre sorriam. Uma noite, porque chovia, Saul acabou dormindo no sofá. Dia seguinte, chegaram juntos à repartição, cabelos molhados do chuveiro. Nesse dia as moças não falaram com eles. Os funcionários barrigudos e desalentados trocaram alguns olhares que os dois não saberiam compreender, se percebessem.

Mas nada perceberam, nem os olhares nem duas ou três piadas enigmáticas. Quando faltavam dez para as seis saíram juntos, altos e altivos, para assistir ao último filme de Jane Fonda.

5

Quando começava a primavera, Saul fez aniversário. Porque achava seu amigo muito solitário ou por outra razão assim, Raul deu a ele a gaiola com Carlos Gardel. No começo do verão, foi a vez de Raul fazer aniversário. E porque estava sem dinheiro, porque seu amigo não tinha nada nas paredes da quitinete, Saul deu a ele a reprodução de Van Gogh. Mas, entre esses dois aniversários, aconteceu alguma coisa.

No Norte, quando começava dezembro, a mãe de Raul morreu e ele precisou passar uma semana fora. Desorientado, Saul vagava pelos corredores da firma esperando um telefonema que não vinha, tentando em vão concentrar-se nos despachos, processos, protocolos. À noite, em seu quarto, ligava a televisão gastando tempo em novelas vadias ou desenhando olhos cada vez mais enormes, enquanto acariciava Carlos Gardel. Bebeu bastante nessa semana. E teve um sonho: caminhava entre as pessoas da repartição, todas de preto, acusadoras. À exceção de Raul, todo de branco, abrindo os braços para ele. Abraçados fortemente, e tão próximos que um podia sentir o cheiro do outro. Acordou pensando estranho, ele é que devia estar de luto.

Raul voltou sem luto. Numa sexta-feira de tardezinha, telefonou para a repartição pedindo a Saul que fosse vê-lo. A voz de baixo profundo parecia ainda mais baixa e mais profunda. Saul foi. Raul tinha deixado a barba crescer. Estranhamente, em vez de parecer mais velho ou mais sério, tinha um rosto quase de menino. Beberam muito nessa noite. Raul falou longamente da mãe – eu podia ter sido mais legal com ela, coitada, disse, e não cantou. Quando Saul estava indo embora, começou a chorar. Sem saber ao certo o que fazia, Saul estendeu a mão, e quando percebeu seus dedos tinham tocado a barba crescida de Raul. Sem tempo para compreenderem, abraçaram-se fortemente. E tão próximos ficaram que um podia sentir o cheiro do outro: o de Raul, flor murcha, gaveta fechada; o de Saul, colônia de barba, talco. Durou muito tempo. A mão de Saul tocava a barba de Raul, que passava os dedos pelos caracóis miúdos do cabelo do outro. Não diziam nada. No silêncio era possível ouvir uma torneira pingando longe. Tanto tempo durou aquilo que, quando Saul levou a mão ao cinzeiro, o cigarro era apenas uma longa cinza que ele esmagou sem compreender.

Afastaram-se, então. Raul disse qualquer coisa como eu não tenho mais ninguém no mundo, e Saul outra coisa como você tem a mim agora, e para sempre. Usavam palavras grandes – ninguém, mundo, sempre – e apertavam-se as duas mãos ao mesmo tempo, olhando-se nos olhos injetados de fumo e choro e álcool. Embora fosse sexta e não precisassem ir à repartição na manhã seguinte, Saul despediu-se. Caminhou durante horas pelas ruas desertas, cheias apenas de gatos e putas. Em casa, acariciou Carlos Gardel até que os dois dormissem. Mas um pouco antes, sem saber por que, começou a chorar sentindo-se só e pobre e feio e infeliz e confuso e abandonado e bêbado e triste, triste, triste. Pensou em ligar para Raul, mas não tinha fichas e era muito tarde.

6

Depois chegou o Natal, o Ano-Novo que passaram juntos, recusando convites dos colegas de repartição. Raul deu a Saul uma reprodução do *Nascimento de Vênus*, de Botticelli, que ele colocou na parede exatamente onde estivera o quadro de Van Gogh. Saul deu a Raul um disco chamado *Os grandes sucessos de Dalva de Oliveira*. A faixa que mais ouviram foi "Nossas vidas", prestando atenção naquele trechinho que dizia *até nossos beijos parecem beijos de quem nunca amou*.

Foi na noite de 31, aberto o champanhe na quitinete de Raul, que Saul ergueu a taça e brindou à nossa amizade que nunca vai terminar. Beberam até quase cair. Na hora de deitar, trocando a roupa no banheiro, muito bêbado, Saul falou que ia dormir nu. Raul olhou para ele e disse você tem um corpo bonito. Você também, disse Saul, e baixou os olhos. Deitaram ambos nus, um na cama atrás do guarda-roupa, outro no sofá. Quase a noite inteira, um podia ver a brasa acesa do cigarro do outro, furando o escuro feito um demônio de olhos incendiados. Pela manhã Saul foi embora sem se despedir, para que Raul não percebesse suas fundas olheiras.

Quando janeiro começou, quase na época de tirarem férias – e tinham planejado juntos quem sabe Parati, Ouro Preto, Porto Seguro –, ficaram surpresos naquela manhã em que o chefe de seção os chamou, perto do meio-dia. Fazia muito calor. Suarento, o chefe foi direto ao assunto: tinha recebido algumas cartas anônimas. Recusou-se a mostrá-las. Pálidos, os dois ouviram expressões como "relação anormal e ostensiva", "desavergonhada aberração", "comportamento doentio", "psicologia deformada", sempre assinadas por Um Atento Guardião da Moral. Saul baixou os olhos desmaiados, mas Raul levantou de um salto. Parecia muito alto quando, com uma das mãos apoiadas no ombro do amigo e a outra erguendo-se atrevida no ar, conseguiu ainda dizer a palavra *nunca*, antes que o chefe, depois de coisas como a-reputação-de-nossa-firma ou tenho-que-zelar-pela--moral-dos-meus-funcionários, declarasse frio: os senhores estão despedidos.

Esvaziaram lentamente cada um a sua gaveta, a sala vazia na hora do almoço, sem se olharem nos olhos. O sol de verão escaldava o tampo de metal das mesas. Raul guardou no grande envelope pardo um par de enormes olhos sem íris nem pupilas, presente de Saul, que guardou no seu grande envelope pardo a letra de "Tu me acostumbraste", escrita por Raul numa tarde qualquer de agosto e com algumas manchas de café. Desceram juntos pelo elevador, em silêncio.

Mas quando saíram pela porta daquele prédio grande e antigo, parecido com uma clínica psiquiátrica ou uma penitenciária, vistos de cima pelos colegas todos nas janelas, a camisa branca de um e a azul do outro, estavam ainda mais altos e mais altivos. Demoraram alguns minutos na frente do edifício. Depois apanharam o mesmo táxi, Raul abrindo a porta para que Saul entrasse. *Ai-ai!* alguém gritou da janela. Mas eles não ouviram. O táxi já tinha dobrado a esquina.

Pelas tardes poeirentas daquele resto de janeiro, quando o sol parecia a gema de um enorme ovo frito no azul sem nuvens do céu, ninguém mais conseguiu trabalhar em paz na repartição. Quase todos ali dentro tinham a nítida sensação de que seriam infelizes para sempre. E foram.

Conto do livro *Morangos mofados*.

LINDA, UMA HISTÓRIA HORRÍVEL

Para Sergio Keuchguerian

Você nunca ouviu falar em maldição
nunca viu um milagre
nunca chorou sozinha num banheiro sujo
nem nunca quis ver a face de Deus.

Cazuza, "Só as mães são felizes"

Só depois de apertar muitas vezes a campainha foi que escutou o rumor de passos descendo a escada. E reviu o tapete gasto, antigamente púrpura, depois apenas vermelho, mais tarde rosa cada vez mais claro – agora, que cor? – e ouviu o latido desafinado de um cão, uma tosse noturna, ruídos secos, então sentiu a luz acesa do interior da casa filtrada pelo vidro cair sobre sua cara de barba por fazer, três dias. Meteu as mãos nos bolsos, procurou um cigarro ou um chaveiro para rodar entre os dedos, antes que se abrisse a janelinha no alto da porta.

Enquadrado pelo retângulo, o rosto dela apertava os olhos para vê-lo melhor. Mediram-se um pouco assim – de fora, de dentro da casa –, até ela afastar o rosto, sem nenhuma surpresa. Estava mais velha, viu ao entrar. E mais amarga, percebeu depois.

– Tu não avisou que vinha – ela resmungou no seu velho jeito azedo, que antigamente ele não compreendia. Mas agora, tantos anos depois, aprendera a traduzir

como que-saudade, seja-bem-vindo, que-bom-ver-você ou qualquer coisa assim. Mais carinhosa, embora inábil. Abraçou-a, desajeitado. Não era um hábito, contatos, afagos. Afundou tonto, rápido, naquele cheiro conhecido – cigarro, cebola, cachorro, sabonete, creme de beleza e carne velha, sozinha há anos. Segurando-o pelas duas orelhas, como de costume, ela o beijou na testa. Depois foi puxando-o pela mão, para dentro.
– A senhora não tem telefone – explicou. – Resolvi fazer uma surpresa.
Acendendo luzes, certa ânsia, ela o puxava cada vez mais para dentro. Mal podia rever a escada, a estante, a cristaleira, os porta-retratos empoeirados. A cadela se enrolou nas pernas dele, ganindo baixinho.
– Sai, Linda – ela gritou, ameaçando um pontapé. A cadela pulou de lado, ela riu. – Só ameaço, ela respeita. Coitada, quase cega. Uma inútil, sarnenta. Só sabe dormir, comer e cagar, esperando a morte.
– Que idade ela tem? – ele perguntou. Que esse era o melhor jeito de chegar ao fundo: pelos caminhos transversos, pelas perguntas banais. Por trás do jeito azedo, das flores roxas do robe.
– Sei lá, uns quinze. – A voz tão rouca. – Diz que idade de cachorro a gente multiplica por sete.
Ele forçou um pouco a cabeça, esse era o jeito:
– Uns noventa e cinco, então.
Ela colocou a mala dele em cima de uma cadeira da sala. Depois apertou novamente os olhos. E espiou em volta como se acabasse de acordar:
– O quê?
– A Linda. Se fosse gente, estaria com noventa e cinco anos.
Ela riu:

– Mais velha que eu, imagina. Velha que dá medo.
– Fechou o robe sobre o peito, apertou a gola com as mãos. Cheias de manchas escuras, ele viu, como sardas (*ce-ra-to-se*, repetiu mentalmente), pintura alguma nas unhas rentes dos dedos amarelos de cigarros. – Quer um café?
– Se não der trabalho – ele sabia que esse continuava sendo o jeito exato, enquanto ela adentrava soberana pela cozinha, seu reino. Mãos nos bolsos, olhou em volta, encostado na porta.
As costas dela, tão curvas. Parecia mais lenta, embora guardasse o mesmo jeito antigo de abrir e fechar sem parar as portas dos armários, dispor xícaras, colheres, guardanapos, fazendo muito ruído e forçando-o a sentar – enquanto ele via. Manchadas de gordura, as paredes da cozinha. A pequena janela basculante, vidro quebrado. No furo do vidro, ela colocara uma folha de jornal. *País mergulha no caos, na doença e na miséria* – ele leu. E sentou na cadeira de plástico rasgado.
– Tá fresquinho – ela serviu o café. – Agora só consigo dormir depois de tomar café.
– A senhora não devia. Café tira o sono.
Ela sacudiu os ombros:
– Dane-se. Comigo sempre foi tudo ao contrário.
A xícara amarela tinha uma nódoa escura no fundo, bordas lascadas. Ele mexeu o café, sem vontade. De repente, então, enquanto nem ele nem ela diziam nada, quis fugir. Como se volta a fita num videocassete, de costas, apanhar a mala, atravessar a sala, o corredor de entrada, ultrapassar o caminho de pedras do jardim, sair novamente para a ruazinha de casas quase todas brancas. Até algum táxi, o aeroporto, para outra cidade, longe do Passo da Guanxuma, até a outra vida de onde vinha. Anônima, sem laços nem passado. Para sempre,

para nunca mais. Até a morte de qualquer um dos dois, teve medo. E desejou. Alívio, vergonha.

— Vá dormir — pediu. — É muito tarde. Eu não devia ter vindo assim, sem avisar. Mas a senhora não tem telefone.

Ela sentou à frente dele, o robe abriu-se. Por entre as flores roxas, ele viu as inúmeras linhas da pele, papel de seda amassado. Ela apertou os olhos, espiando a cara dele enquanto tomava um gole de café.

— Que que foi? — perguntou, lenta. E esse era o tom que indicava a abertura para um novo jeito. Mas ele tossiu, baixou os olhos para a estamparia de losangos da toalha. Vermelho, verde. Plástico frio, velhos morangos.

— Nada, mãe. Não foi nada. Deu saudade, só isso. De repente, me deu tanta saudade. Da senhora, de tudo.

Ela tirou um maço de cigarros do bolso do robe:

— Me dá o fogo.

Estendeu o isqueiro. Ela tocou na mão dele, toque áspero das mãos manchadas de ceratose nas mãos muito brancas dele. Carícia torta:

— Bonito, o isqueiro.

— É francês.

— Que é isso que tem dentro?

— Sei lá, fluido. Essa coisa que os isqueiros têm. Só que este é transparente, nos outros a gente não vê.

Ela ergueu o isqueiro contra a luz. Reflexos de ouro, o líquido verde brilhou. A cadela entrou por baixo da mesa, ganindo baixinho. Ela pareceu não notar, encantada com o por trás do verde, líquido dourado.

— Parece o mar — sorriu. Bateu o cigarro na borda da xícara, estendeu o isqueiro de volta para ele. — Então quer dizer que o senhor veio me visitar? Muito bem.

Ele fechou o isqueiro na palma da mão. Quente da mão manchada dela.

— Vim, mãe. Deu saudade.
Riso rouco:
— Saudade? Sabe que a Elzinha não aparece aqui faz mais de mês? Eu podia morrer aqui dentro. Sozinha. Deus me livre. Ela nem ia ficar sabendo, só se fosse pelo jornal. Se desse no jornal. Quem se importa com um caco velho? Ele acendeu um cigarro. Tossiu forte na primeira tragada:
— Também moro só, mãe. Se morresse, ninguém ia ficar sabendo. E não ia dar no jornal.
Ela tragou fundo. Soltou a fumaça, círculos. Mas não acompanhou com os olhos. Na ponta da unha, tirava uma lasca da borda da xícara.
— É sina — disse. — Tua avó morreu só. Teu avô morreu só. Teu pai morreu só, lembra? Naquele fim de semana que eu fui pra praia. Ele tinha horror do mar. Uma coisa tão grande que mete medo na gente, ele dizia. — Jogou longe a bolinha com a pintura da xícara. — E nem um neto, morreu sem um neto nem nada. O que mais ele queria.
— Já faz tempo, mãe. Esquece — ele endireitou as costas, doíam. Não, decidiu: naquele poço, não. O cheiro, uma semana, vizinhos telefonando. Passou as pontas dos dedos pelos losangos desbotados da toalha. — Não sei como a senhora consegue continuar morando aqui sozinha. Esta casa é grande demais pra uma pessoa só. Por que não vai morar com a Elzinha?
Ela fingiu cuspir de lado, meio cínica. Aquele cinismo de telenovela não combinava com o robe desbotado de flores roxas, cabelos quase inteiramente brancos, mãos de manchas marrons segurando o cigarro quase no fim.
— E aguentar o Pedro, com aquela mania de grandeza? Pelo amor de Deus, só se eu fosse sei lá. Iam ter que me esconder no dia das visitas, Deus me livre. A velha,

a louca, a bruxa. A megera socada no quartinho de empregada, feito uma negra. – Bateu o cigarro. – E como se não bastasse, tu acha que iam me dexar levar a Linda junto?

Embaixo da mesa, ao ouvir o próprio nome a cadela ganiu mais forte.

– Também não é assim, não é, mãe? A Elzinha tem a faculdade. E o Pedro no fundo é boa gente. Só que.

Ela remexeu nos bolsos do robe. Tirou uns óculos de hastes remendadas com esparadrapo, lente rachada.

– Deixa eu te ver melhor – pediu.

Ajeitou os óculos. Ele baixou os olhos. No silêncio, ficou ouvindo o tic-tac do relógio da sala. Uma barata miúda riscou o branco dos azulejos atrás dela.

– Tu está mais magro – ela observou. Parecia preocupada. – Muito mais magro.

– É o cabelo – ele disse. Passou a mão pela cabeça quase raspada. – E a barba, três dias.

– Perdeu cabelo, meu filho.

– É a idade. Quase quarenta anos. – Apagou o cigarro. Tossiu.

– E essa tosse de cachorro?

– Cigarro, mãe. Poluição.

Levantou os olhos, pela primeira vez olhou direto nos olhos dela. Ela também olhava direto nos olhos dele. Verde desmaiado por trás das lentes dos óculos, subitamente muito atentos. Ele pensou: *é agora, nesta contramão.** Quase falou. Mas ela piscou primeiro. Desviou os olhos para baixo da mesa, segurou com cuidado a cadela sarnenta e a trouxe até o colo.

– Mas vai tudo bem?

– Tudo, mãe.

(*) Ana Cristina César: *A teus pés.*

— Trabalho?
Ele fez que sim. Ela acariciou as orelhas sem pelo da cadela. Depois olhou outra vez direto para ele:
— Saúde? Dizque tem umas doenças novas aí, vi na tevê. Umas pestes.
— Graças a Deus — ele cortou. Acendeu outro cigarro, as mãos tremiam um pouco. — E a dona Alzira, firme?
A ponta apagada do cigarro entre os dedos amarelos, ela estava recostada na cadeira. Olhos apertados, como se visse por trás dele. No tempo, não no espaço. A cadela apoiara a cabeça na mesa, os olhos branquicentos fechados. Ela suspirou, sacudiu os ombros:
— Coitada. Mais esclerosada do que eu.
— A senhora não está esclerosada.
— Tu que pensa. Tem vezes que me pego falando sozinha pelos cantos. Outro dia, sabe quem eu chamava o dia inteiro? — Esperou um pouco, ele não disse nada. — A Cândida, lembra dela? Ô negrinha boa, aquela. Até parecia branca. Fiquei chamando, chamando o dia inteiro. Cândida, ô Cândida. Onde é que tu te meteu, criatura? Aí me dei conta.
— A Cândida morreu, mãe.
Ela tornou a passar a mão pela cabeça da cadela. Mais devagar, agora. Fechou os olhos, como se as duas dormissem.
— Pois é, esfaqueada. Que nem um porco, lembra?
— Abriu os olhos. — Quer comer alguma coisa, meu filho?
— Comi no avião.
Ela fingiu cuspir de lado, outra vez.
— Cruz credo. Comida congelada, Deus me livre. Parece plástico. Lembra daquela vez que eu fui? — Ele sacudiu a cabeça, ela não notou. Olhava para cima, para a fumaça do cigarro perdida contra o teto manchado de umidade, de mofo, de tempo, de solidão. — Fui toda chi-

que, parecia uma granfa. De avião e tudo, uma madame. Frasqueira, raiban. Contando, ninguém acredita. – Molhou um pedaço de pão no café frio, colocou-o na boca quase sem dentes da cadela. Ela engoliu de um golpe. – Sabe que eu gostei mais do avião do que da cidade? Coisa de louco, aquela barulheira. Nem parece coisa de gente, como é que tu aguenta?
– A gente acostuma, mãe. Acaba gostando.
– E o Beto? – ela perguntou de repente. E foi baixando os olhos até encaixarem, outra vez, direto nos olhos dele.
Se eu me debruçasse? – ele pensou. Se, então, assim. Mas olhou para os azulejos na parede atrás dela. A barata tinha desaparecido.
– Tá lá, mãe. Vivendo a vida dele.
Ela voltou a olhar o teto:
– Tão atencioso, o Beto. Me levou pra jantar, abriu a porta do carro pra mim. Parecia coisa de cinema. Puxou a cadeira do restaurante pra mim sentar. Nunca ninguém tinha feito isso. – Apertou os olhos. – Como era mesmo o nome do restaurante? Um nome de gringo.
– *Casserole*, mãe. *La Casserole*. – Quase sorriu, ele tinha uns olhos de menino, lembrou. – Foi boa aquela noite, não foi?
– Foi – ela concordou. – Tão boa, parecia filme. – Estendeu a mão por sobre a mesa, quase tocou na mão dele. Ele abriu os dedos, certa ânsia. Saudade, saudade. Então ela recuou, afundou os dedos na cabeça pelada da cadela.
– O Beto gostou da senhora. Gostou tanto – ele fechou os dedos. Assim fechados, passou-os pelos pelos do próprio braço. Umas memórias, distância. – Ele disse que a senhora era muito chique.
– Chique, eu? Uma velha grossa, esclerosada. – Ela riu, vaidosa, mão manchada no cabelo branco. Suspirou.
– Tão bonito. Um moço tão fino, aquilo é que é moço

fino. Eu falei pra Elzinha, bem na cara do Pedro. Pra ele tomar como indireta mesmo, eu disse bem alto, bem assim. Quem não tem berço, a gente vê logo na cara. Não adianta ostentar, tá escrito. Que nem o Beto, aquela calça rasgadinha. Quem ia dizer que era um moço assim tão fino, de tênis? – Voltou a olhar dentro dos olhos dele. – Isso é que é amigo, meu filho. Até meio parecido contigo, eu fiquei pensando. Parecem irmãos. Mesma altura, mesmo jeito, mesmo.

– A gente não se vê faz algum tempo, mãe.

Ela debruçou um pouco, apertando a cabeça da cadela contra a mesa. Linda abriu os olhos esbranquiçados. Embora cega, também parecia olhar para ele. Ficaram se olhando assim. Um tempo quase insuportável, entre a fumaça dos cigarros, cinzeiros cheios, xícaras vazias – os três, ele, a mãe e Linda.

– E por quê?

– Mãe – ele começou. A voz tremia. – Mãe, é tão difícil – repetiu. E não disse mais nada.

Foi então que ela levantou. De repente, jogando a cadela ao chão como um pano sujo. Começou a recolher xícaras, colheres, cinzeiros, jogando tudo dentro da pia. Depois de amontoar a louça, derramar o detergente e abrir as torneiras, andando de um lado para outro enquanto ele ficava ali sentado, olhando para ela, tão curva, um pouco mais velha, cabelos quase inteiramente brancos, voz ainda mais rouca, dedos cada vez mais amarelados pelo fumo, guardou os óculos no bolso do robe, fechou a gola, olhou para ele e – como quem quer mudar de assunto, e esse também era um sinal para um outro jeito que, desta vez sim, seria o certo – disse:

– Teu quarto continua igual, lá em cima. Vou dormir que amanhã cedo tem feira. Tem lençol limpo no armário do banheiro.

Então fez uma coisa que não faria, antigamente. Segurou-o pelas duas orelhas para beijá-lo não na testa, mas nas duas faces. Quase demorada. Aquele cheiro – cigarro, cebola, cachorro, sabonete, cansaço, velhice. Mais qualquer coisa úmida que parecia piedade, fadiga de ver. Ou amor. Uma espécie de amor.
– Amanhã a gente fala melhor, mãe. Tem tempo, dorme bem.
Debruçado na mesa, acendeu mais um cigarro enquanto ouvia os passos dela subindo pesados pela escada até o andar superior. Quando ouviu a porta do quarto bater, levantou e saiu da cozinha.
Deu alguns passos tontos pela sala. A mesa enorme, madeira escura. Oito lugares, todos vazios. Parou em frente ao retrato do avô – rosto levemente inclinado, olhos verdes aguados que eram os mesmos da mãe e também os dele, heranças. No meio do campo, pensou, morreu só com um revólver e sua sina. Levou a mão até o bolso interno do casaco, tirou a pequena garrafa estrangeira e bebeu. Quando a afastou, gotas de uísque rolaram pelos cantos da boca, pescoço, camisa, até o chão. A cadela lambeu o tapete gasto, olhos quase cegos, língua tateando para encontrar o líquido.
Ele abriu os olhos. Como depois de uma vertigem, percebeu-se a olhar fixamente para o grande espelho da sala. No fundo do espelho na parede da sala de uma casa antiga, numa cidade provinciana, localizou a sombra de um homem magro demais, cabelos quase raspados, olhos assustados feito os de uma criança. Colocou a garrafa sobre a mesa, tirou o casaco. Suava muito. Jogou o casaco na guarda de uma cadeira. E começou a desabotoar a camisa manchada de suor e uísque.
Um por um, foi abrindo os botões. Acendeu a luz do abajur, para que a sala ficasse mais clara quando, sem

camisa, começou a acariciar as manchas púrpura, da cor antiga do tapete na escada – agora, que cor? –, espalhadas embaixo dos pelos do peito. Na ponta dos dedos, tocou o pescoço. Do lado direito, inclinando a cabeça, como se apalpasse uma semente no escuro. Depois foi dobrando os joelhos até o chão. Deus, pensou, antes de estender a outra mão para tocar no pelo da cadela quase cega, cheio de manchas rosadas. Iguais às do tapete gasto da escada, iguais às da pele do seu peito, embaixo dos pelos. Crespos, escuros, macios.

– Linda – sussurrou. – Linda, você é tão linda, Linda.

Conto do livro *Os dragões não conhecem o paraíso.*

HOLOCAUSTO

Havia sol naquele tempo e apenas um dente doía. No começo, apenas um. Eu conseguia localizar a dor e orientava três de meus dedos, indicador, médio, polegar, as extremidades unidas, até aquele ponto latejante. Eu inspirava fundo. E quando expirava, alguns raios saíam das extremidades dos dedos e atravessavam a pele dos maxilares e a carne das gengivas para ir ao encontro do ponto exato. Depois de alguns minutos eu suspirava, os músculos se soltavam, as pernas e os braços se distendiam e minha cabeça afundava na grama, o rosto voltado para o sol. Agora ficou escuro e todos os dentes doem ao mesmo tempo. Como se um enorme animal ferido passeasse, sangrando e gemendo, dentro de minha boca. Levo as duas mãos ao rosto, continuamente. Inspiro, expiro. Mas nada mais acontece.

    Antes, antes ainda, foram os piolhos. Eu sentia alguns movimentos estranhos entre meus cabelos. Mas naquele tempo eram tantos pensamentos novos e incontroláveis dentro da minha cabeça que eu não sabia mais distingui-los daqueles outros movimentos, externos, escuros. Até o dia em que alguém tocou nos meus cabelos eu julguei que apenas dentro havia aquelas súbitas corridas, aquele fervilhar. Ainda havia sol, então, e esse alguém puxou para fora, entre as pontas unidas de três dedos, aquela pequena coisa branca, mole, redonda, que ficou se contorcendo ao sol. Desde então, alertado, passei a separar a sua ebulição daquela outra, a de dentro. E por vezes eles desciam por meu pescoço, procurando os pelos do peito, dos braços, do sexo. Quando não me doíam os dentes e quando havia sol, às vezes eu os comprimia devagar entre as unhas para depois jogá-los pela janela, sobre a rua, a grama. Alguns eram levados pelo vento. Os outros se reproduziam ferozmente, sem que eu nada pudesse fazer para detê-los.

Um pouco antes, não sei, ou mesmo durante ou depois, não importa – o certo é que um dia houve também as bolhas. Apareciam primeiro entre os dedos das mãos, pequenas, rosadas. Comichavam um pouco e, quando eu as apertava entre as unhas, libertavam um líquido grosso que escorria abundante entre os dedos, até pingar no chão. Daqueles vales no meio das falanges, elas escalaram os braços e atingiram o pescoço, onde se bifurcaram em dois caminhos: algumas subiram pelo rosto, outras desceram pelas pernas, alcançaram os joelhos e os pés, onde se detiveram, na impossibilidade de furar a terra. À medida que avançavam, tornavam-se maiores e comichavam ainda com mais intensidade. Minhas unhas crescidas dilaceravam a frágil pele rosada que escamava, transformando-se em feridas úmidas e lilases. A princípio o sol fazia com que secassem e cicatrizassem. Mas depois ele se foi. E agora nada mais as detém.

É preciso falar também nos outros. E na casa. Eu estava tão absorvido pelo que acontecia em meu próprio corpo que nada em volta me parecia suficientemente real. A casa, os outros. Quando percebi que eles existiam – e eram muitos, doze, treze comigo –, já meu corpo estava completamente tomado. E temi que me expulsassem. Não tínhamos luz elétrica, o sol tinha-se ido havia algum tempo, os dias eram curtos e escuros, dormíamos muito e, quando acendíamos aquelas longas velas que costumávamos roubar das igrejas, a chama não era suficiente para que pudéssemos ver uns aos outros. E também havia muito tempo não nos olhávamos nos olhos. Somente há uma semana – como fazia muito frio e precisássemos de lenha para a lareira – fomos obrigados a queimar os móveis do andar de cima. As chamas enormes duraram algumas horas. Creio que movido pela esperança de que a luz e o calor pudessem amenizar a dor e secar as feridas, aproximei-me lentamente do fogo. Estendi as mãos e, quando olhei em volta, havia mais doze pares de mãos estendidas ao lado das minhas. Os doze pares de mãos estavam cheios de feridas úmidas e violáceas. Todos viram ao mesmo tempo, mas ninguém gritou. Eu gostaria de ter conseguido olhá-las no fundo dos olhos, de ter visto neles qualquer coisa como compaixão, paciência, tolerância, ou mesmo amizade, quem sabe amor. Não tenho certeza de ter conseguido. Na verdade não sei se não estarei cego. Há feridas em torno de meus olhos, as sobrancelhas e os cílios fervilham de piolhos. Os dentes fizeram meu rosto inchar tanto que os olhos se estreitaram e recuaram até se tornarem quase invisíveis. Suponho que os olhos de todos eles também estejam assim. Suponho também que seus pensamentos tenham sido iguais aos meus, porque quando a última madeira estalou no fogo e se consumiu aos poucos, fazendo voltar o frio e a escuridão, aproximamo-nos lentamente uns dos outros e dormimos todos assim, aconchegados, confundidos. Pela noite julguei ter escutado alguns gemidos. E fiquei pensando se era mesmo verdade que ainda sofríamos.

Na noite seguinte queimamos todos os móveis do andar de baixo. Nas noites posteriores queimamos os móveis deste único andar que resta. Como o frio não terminou, queimamos depois as paredes, as escadas, os tapetes, os objetos do banheiro, da cozinha, os quadros, as portas e as janelas. Chegou um momento em que precisamos queimar também os livros e as nossas roupas. Consegui localizar um movimento interno em mim no momento em que queimei aquela fita azul. Eu a guardava fazia muito tempo. Foi uma menina de cabelos vermelhos que a jogou para mim, um dia, no parque, como quem joga um osso a um cão faminto. A minha mão estremeceu quando a lancei ao fogo. Tive vontade de gritar e tentei segurar a mão mais próxima. Mas ela recuou como se tivesse nojo, então segurei minha própria mão e fiquei sentindo entre os dedos a umidade das feridas.

Hoje é o dia em que não temos mais nada para queimar. Havia ainda algumas cartas antigas, e são elas que estão queimando agora. Estamos olhando as chamas e pensando que cada uma pode ser a última. Há bem pouco um pensamento cruzou minha mente, talvez a mente de todos: creio que quando esta última chama apagar um de nós terá de jogar-se ao fogo. Quando pensei nisso, minha primeira reação foi o medo. Depois achei que seria bom. Os piolhos morreriam queimados, as bolhas rebentariam com o calor, o fogo cicatrizaria todas as feridas. Os dentes não doeriam mais. Não nos falaremos, não nos olharemos dentro dos olhos. Apenas um de nós treze fará o primeiro movimento, se jogará ao fogo, aquecerá os outros por alguns momentos, depois se tornará cinza, e depois mais um, e outro mais. Como um ritual. Uma ciranda, daquelas em que uma criança entra dentro dessa roda, diz um verso bem bonito, diz adeus e vai embora. Apenas já não somos crianças e

desaprendemos a cantar. As cartas continuam queimando. Eu tentei pensar em Deus. Mas Deus morreu faz muito tempo. Talvez se tenha ido junto com o sol, com o calor. Pensei que talvez o sol, o calor e Deus pudessem voltar de repente, no momento exato em que a última chama se desfizer e alguém esboçar o primeiro gesto. Mas eles não voltarão. Seria bonito, e as coisas bonitas já não acontecem mais.
 Apertei minhas fontes com aqueles três dedos unidos. Então tentei pensar que não estava mais aqui. E disse para mim mesmo: estive lá, faz algum tempo. Como se já tivesse passado. Mas não passou. Ainda estou aqui. Talvez daqui a pouco eu chore, ou grite, ou saia correndo no escuro. Nossos corpos estão muito próximos. Trocamos nossos piolhos, nossas bolhas. Se nos beijássemos trocaríamos também os grandes animais sangrentos das nossas bocas. Talvez eu não chore nem saia correndo. Talvez apenas afaste esses braços e pernas que enredam meus movimentos e faça o primeiro gesto em direção ao fogo. Daqui a pouco.

Conto do livro *Pedras de Calcutá.*

DAMA DA NOITE

Para Márcia Denser

*E sonho esse sonho
que se estende
em rua, em rua
em rua
em vão.*

Lucia Villares, "Papos de anjo"

Como se eu estivesse por fora do movimento da vida. A vida rolando por aí feito roda-gigante, com todo mundo dentro, e eu aqui parada, pateta, sentada no bar. Sem fazer nada, como se tivesse desaprendido a linguagem dos outros. A linguagem que eles usam para se comunicar quando rodam assim e assim por diante nessa roda-gigante. Você tem um passe para a roda-gigante, uma senha, um código, sei lá. Você fala qualquer coisa tipo *bá*, por exemplo, então o cara deixa você entrar, sentar e rodar junto com os outros. Mas eu fico sempre do lado de fora. Aqui parada, sem saber a palavra certa, sem conseguir adivinhar. Olhando de fora, a cara cheia, louca de vontade de estar lá, rodando junto com eles nessa roda idiota – tá me entendendo, garotão?

Nada, você não entende nada. Dama da noite, todos me chamam e nem sabem que durmo o dia inteiro. Não suporto luz, também nunca tenho nada pra fazer – o quê? Umas rendas aí. É, macetes. Não dou detalhe,

adianta insistir. Mutreta, trambique, muamba. Já falei: não adianta insistir, boy. Aprendi que, se eu der detalhe, você vai sacar que tenho grana, e se eu tenho grana você vai querer foder comigo só porque eu tenho grana. E acontece que eu ainda sou babaca, pateta e ridícula o suficiente para estar procurando O Verdadeiro Amor. Para de rir, senão te jogo já este copo na cara. Pago o copo, a bebida. Pago o estrago e até o bar, se ficar a fim de quebrar tudo. Se eu tô tesuda e você anda duro e eu precisar de cacete, compro o teu, pago o teu. Quanto custa? Me diz que eu pago. Pago bebida, comida, dormida. E pago foda também, se for preciso.
    Pego, claro que eu pego. Pego sim, pego depois. É grande? Gosto de grande, bem grosso. Agora não. Agora quero falar na roda. Essa roda, você não vê, garotão? Está por aí, rodando aqui mesmo. Olha em volta, cara. Bem do teu lado. Naquela mina ali, de preto, a de cabelo arrepiadinho. Tá bom, eu sei: pelo menos dois terços do bar veste preto e tem cabelo arrepiadinho, inclusive nós. Sabe que, se há uns dez anos eu pensasse em mim agora aqui sentada com você, eu não ia acreditar? Preto absorve vibração negativa, eu pensava. O contrário de branco, branco reflete. Mas acho que essa moçada tá mais a fim mesmo é de absorver, chupar até o fundo do mal – hein? Depois, até posso. Tem problema, não. Mas não é disso que estou falando agora, meu bem.
    Você não gosta? Ah, não me diga, garotinho. Mas se eu pago a bebida, eu digo o que eu quiser, entendeu? Eu digo *meu-bem* assim desse jeito, do jeito que eu bem entender. Digo e repito: meu-bem-meu-bem-meu-bem. Pego no seu queixo a hora que eu quiser também, enquanto digo e repito e redigo meu-bem-meu-bem. Queixo furadinho, hein? Já observei que homem de queixo furadinho gosta mesmo é de dar o rabo. Você já deu

o seu? Pelo amor de Deus, não me venha com aquela história tipo sabe, uma noite, na casa de um pessoal em Boiçucanga, tive que dormir na mesma cama com um carinha que. Todo machinho da sua idade tem loucura por dar o rabo, *meu bem*. Ascendente Câncer, eu sei: cara de lua, bunda gordinha e cu aceso. Não é vergonha nenhuma: tá nos astros, boy. Ou então é veado mesmo, e tudo bem.
Levanta não, te pago outra vodca, quer? Só pra deixar eu falar mais na roda. Você é muito garoto, não entende dessas coisas. Deixa a vida te lavrar a cara, antes, então a gente. Bicho, esquisito: eu ia dizer *alma*, sabia? Quer que eu diga? Tá bom, se você faz tanta questão, posso dizer. Será que ainda consigo, como é que era mesmo? Assim: deixa a vida te lavrar a alma, antes, então a gente conversa. Deixa você passar dos trinta, trinta e cinco, ir chegando nos quarenta e não casar e nem ter esses monstros que eles chamam de *filhos*, casa própria nem porra nenhuma. Acordar no meio da tarde, de ressaca, olhar sua cara arrebentada no espelho. Sozinho em casa, sozinho na cidade, sozinho no mundo. Vai doer tanto, menino. Ai como eu queria tanto agora ter uma alma portuguesa para te aconchegar ao meu seio e te poupar essas futuras dores dilaceradas. Como queria tanto saber poder te avisar: vai pelo caminho da esquerda, boy, que pelo da direita tem lobo mau e solidão medonha.
A roda? Não sei se é você que escolhe, não. Olha bem pra mim – tenho cara de quem escolheu alguma coisa na vida? Quando dei por mim, todo mundo já tinha decorado a tal palavrinha-chave e tava a mil, seu lugarzinho seguro, rodando na roda. Menos eu, menos eu. Quem roda na roda fica contente. Quem não roda se fode. Que nem eu, você acha que eu pareço muito fodida? Um pouco eu sei que sim, mas fala a verdade: *muito*?

Falso, eu tenho uns amigos, sim. Fodidos que nem eu. Prefiro não andar com eles, me fazem mal. Gente da minha idade, mesmo tipo de. Ia dizer *problema*, puro hábito: não tem problema. Você sabe, um saco. Que nem espelho: eu olho pra cara fodida deles e tá lá escrita escarrada a minha própria cara fodida também, igualzinha à cara deles. Alguns rodam na roda, mas rodam fodidamente. Não rodam que nem você. Você é tão inocente, tão idiotinha com essa camisinha Mr. Wonderful. Inocente porque nem sabe que é inocente. Nem eles, meus amigos fodidos, sabem que não são mais. Tem umas coisas que a gente vai deixando, vai deixando, vai deixando de ser e nem percebe. Quando viu, babau, já não é mais. Mocidade é isso aí, sabia? Sabe nada: você roda na roda também, quer uma prova? Todo esse pessoal de preto e cabelo arrepiadinho sorri pra você porque você é igual a eles. Se pintar uma festa, te dão um toque, mesmo sem te conhecer. Isso é rodar na roda, meu bem.

Pra mim, não. Nenhum sorriso. Cumplicidade zero. Eu não sou igual a eles, eles sabem disso. Dama da noite, eles falam, eu sei. Quando não falam coisa mais escrota, porque dama da noite é até bonito, eu acho. Aquela flor de cheiro enjoativo que só cheira de noite, sabe qual? Sabe porra: você nasceu dentro de um apartamento, vendo tevê. Não sabe nada, fora essas coisas de vídeo, performance, high-tech, punk, dark, computador, heavy-metal e o caralho. Sabia que eu até vezenquando tenho mais pena de você e desses arrepiadinhos de preto do que de mim e daqueles meus amigos fodidos? A gente teve uma hora que parecia que ia dar certo. Ia dar, ia dar, sabe quando vai dar? Pra vocês, nem isso. A gente teve a ilusão, mas vocês chegaram depois que mataram a ilusão da gente. Tava tudo morto quando você nasceu, boy, e eu já era puta velha. Então eu tenho pena. Acho que sou melhor, só porque peguei a coisa viva. Tá bom, desculpa, gatinho. Melhor, melhor não. Eu tive mais sorte, foi isso? Eu cheguei antes. E até me pergunto se não é sorte também estar do lado de fora dessa roda besta que roda sem fim, sem mim. No fundo tenho nojo dela – você?

Você não viu nada, você nem viu o amor. Que idade você tem, vinte? Tem cara de doze. Já nasceu de camisinha em punho, morrendo de medo de pegar Aids. Vírus que mata, neguinho, vírus do amor. Deu a bundinha, comeu cuzinho, pronto: paranoia total. Semana seguinte, nasce uma espinha na cara e salve-se quem puder: baixou Emílio Ribas. Caganeira, tosse seca, gânglios generalizados. Ô boy, que grande merda fizeram com a tua cabecinha, hein? Você nem beija na boca sem morrer de cagaço. Transmite pela saliva, você leu em algum lugar. Você nem passa a mão em peito molhado sem ficar de cu na mão. Transmite pelo suor, você leu em algum lugar. Supondo que você lê, claro. Conta pra tia: você lê, meu bem? Nada, você não lê nada. Você vê pela tevê, eu sei. Mas na tevê também dá, o tempo todo: amor mata amor mata amor mata. Pega até de ficar do lado, beber do mesmo copo. Já pensou se eu tivesse? Eu, que já dei pra meia cidade e ainda por cima adoro veado.

Eu sou a dama da noite que vai te contaminar com seu perfume venenoso e mortal. Eu sou a flor carnívora e noturna que vai te entontecer e te arrastar para o fundo de seu jardim pestilento. Eu sou a dama maldita que, sem nenhuma piedade, vai te poluir com todos os líquidos, contaminar teu sangue com todos os vírus. Cuidado comigo: eu sou a dama que mata, boy. Já chupou buceta de mulher? Claro que não, eu sei: pode matar. Nem caralho de homem: pode matar. Já sentiu aquele cheiro molhado que as pessoas têm nas virilhas quando tiram a

roupa? Está escrito na sua cara, tudo que você não viu nem fez está escrito nessa sua cara que já nasceu de máscara pregada. Você já nasceu proibido de tocar no corpo do outro. Punheta pode, eu sei, mas essa sede de outro corpo é que nos deixa loucos e vai matando a gente aos pouquinhos. Você não conhece esse gosto que é o gosto que faz com que a gente fique fora da roda que roda e roda e que se foda rodando sem parar, porque o rodar dela é o rodar de quem consegue fingir que não viu o que viu. Ô boy, esse mundo sujo todo pesando em cima de você, muito mais do que de mim – e eu ainda nem comecei a falar na morte...
Já viu gente morta, boy? É feio, boy. A morte é muito feia, muito suja, muito triste. Queria eu tanto ser assim delicada e poderosa, para te conceder a vida eterna. Queria ser uma dama nobre e rica para te encerrar na torre do meu castelo e poupar você desse encontro inevitável com a morte. Cara a cara com ela, você já esteve? Eu, sim, tantas vezes. Eu sou curtida, meu bem. A gente lê na sua cara que nunca. Esse furinho de veado no queixo, esse olhinho verde me olhando assim que nem eu fosse a Isabella Rossellini levando porrada e gritando e pedindo *eat me eat me,* escrota e deslumbrante. Essa tontura que você está sentindo não é porre, não. É vertigem do pecado, meu bem, tontura do veneno. O que que você vai contar amanhã na escola, hein? Sim, porque você ainda deve ir à escola, de lancheira e tudo. Já sei: conheci uma mina meio coroa, porra-louca demais. Cretino, cretino, pobre anjo cretino do fim de todas as coisas. Esse caralhinho gostoso aí, escondido no meio das asas, é só isso que você tem por enquanto. Um caralhinho gostoso, sem marca nenhuma. Todo rosadinho. E burro. Porque nem brochar você deve ter brochado ainda. Acorda de pau duro, uma tábua, tem tesão por

tudo, até por fechadura. Quantas por dia? Muito bem, parabéns: você tá na idade. Mas anota aí pro teu futuro cair na real: essa sede, ninguém mata. Sexo é na cabeça: você não consegue nunca. Sexo é só na imaginação. Você goza com aquilo que imagina que te dá o gozo, não com uma pessoa real, entendeu? Você goza sempre com o que tá na sua cabeça, não com quem tá na cama. Sexo é mentira, sexo é loucura, sexo é sozinho, boy.

Eu, cansei. Já não estou mais na idade. Quantos? Ah, você não vai acreditar, esquece. O que importa é que você entra por um ouvido meu e sai pelo outro, sabia? Você não fica, você não marca. Eu sei que fico em você, eu sei que marco você. Marco fundo. Eu sei que, daqui a um tempo, quando você estiver rodando na roda, vai lembrar que, uma noite, sentou ao lado de uma mina louca que te disse coisas, que te falou no sexo, na solidão, na morte. Feia, tão feia a morte, boy. A pessoa fica meio verde, sabe? Da cor quase assim desse molho de espinafre frio. Mais clarinho um pouco, mas isso nem é o pior. Tem uma coisa que já não está mais ali, já isso é o mais triste. Você olha, olha e olha e o corpo fica assim que nem uma cadeira. Uma mesa, um cinzeiro, um prato vazio. Uma coisa sem nada dentro. Que nem casca de amendoim jogada na areia, é assim que a gente fica quando morre, viu, boy? E você, já descobriu que um dia também vai morrer?

Dou, claro. Ficou nervosinho, quer cigarro? Mas nem fumar você fuma, o quê? Compreendo, compreendo sim, eu compreendo sempre, sou uma mulher muito compreensiva. Sou tão maravilhosamente compreensiva e tudo que, se levar você pra minha cama agora e amanhã de manhã você tiver me roubado toda a grana, não pense que vou achar você um filho da puta. Não é o máximo da compreensão? Eu vou achar que você tá na sua, um

garotinho roubando uma mulher meio pirada, meio coroa, que mexeu com sua cabecinha de anjo cretino desse nojento fim de todas as coisas. Tá tudo bem, é assim que as coisas são: ca-pi-ta-lis-tas, em letras góticas de neon. Mulher pirada e meio coroa que nem eu tem mais é que ser roubada por um garotinho imbecil e tesudinho como você. Só pra deixar de ser burra caindo outra vez nessa armadilha de sexo.
Fissura, estou ficando tonta. Essa roda girando girando sem parar. Olha bem: quem roda nela? As mocinhas que querem casar, os mocinhos a fim de grana pra comprar um carro, os executivozinhos a fim de poder e dólares, os casais de saco cheio um do outro, mas segurando umas. Estar fora da roda é não segurar nenhuma, não querer nada. Feito eu: não seguro picas, não quero ninguém. Nem você. Quero não, boy. Se eu quiser, posso ter. Afinal, trata-se apenas de um cheque a menos no talão, mais barato que um par de sapatos. Mas eu quero mais é aquilo que não posso comprar. Nem é você que eu espero, já te falei. Aquele um vai entrar um dia talvez por essa mesma porta, sem avisar. Diferente dessa gente toda vestida de preto, com cabelo arrepiadinho. Se quiser eu piro, e imagino ele de capa de gabardine, chapéu molhado, barba de dois dias, cigarro no canto da boca, bem *noir*. Mas isso é filme, ele não. Ele é de um jeito que ainda não sei, porque nem vi. Vai olhar direto para mim. Ele vai sentar na minha mesa, me olhar no olho, pegar na minha mão, encostar seu joelho quente na minha coxa fria e dizer: vem comigo. É por ele que eu venho aqui, boy, quase toda noite. Não por você, por outros como você. Pra ele, me guardo. Ria de mim, mas estou aqui parada, bêbada, pateta e ridícula, só porque no meio desse lixo todo procuro O Verdadeiro Amor. Cuidado comigo: um dia encontro.

Só por ele, por esse que ainda não veio, te deixo essa grana agora, precisa troco não, pego a minha bolsa e dou o fora já. Está quase amanhecendo, boy. As damas da noite recolhem seu perfume com a luz do dia. Na sombra, sozinhas, envenenam a si próprias com loucas fantasias. Divida essa sua juventude estúpida com a gatinha ali do lado, meu bem. Eu vou embora sozinha. Eu tenho um sonho, eu tenho um destino, e se bater o carro e arrebentar a cara toda saindo daqui, continua tudo certo. Fora da roda, montada na minha loucura. Parada pateta ridícula porra-louca solitária venenosa. Pós-tudo, sabe como? Darkérrima, modernésima, puro simulacro. Dá minha jaqueta, boy, que faz um puta frio lá fora e quando chega essa hora da noite eu me desencanto. Viro outra vez aquilo que sou todo dia, fechada sozinha perdida no meu quarto, longe da roda e de tudo: uma criança assustada.

Conto do livro *Os dragões não conhecem o paraíso*.

VISITA

Era perfectamente natural que te acordaras de él a la hora de las nostalgias, cuando uno se deja corromper por esas ausencias que llamamos recuerdos y hay que remendar con palabras y con imágenes tanto hueco insaciable.

Julio Cortázar, "Final del juego"

Eu gostaria de ficar para sempre ali, parado naqueles degraus gastos, sentindo as sombras se adensarem no jardim que ficava logo após aqueles degraus onde eu pisava agora, estendidos até o portãozinho enferrujado que há pouco eu abrira, ouvindo os rumores da rua coados pela espessa folhagem, olhando seu rosto envelhecido e doce, com os cabelos presos na nuca e um velho camafeu sobre a gola de renda, tudo um pouco antigo, como se ela gostasse de tocar piano quando entardecia, bebericando qualquer coisa leve como um chá de jasmins, enquanto as sombras na escada ficavam mais e mais densas, até que os ruídos das crianças fossem amor-
-tecendo nas calçadas e de repente ela percebesse ter ficado completamente no escuro, apesar das luzes da rua refletidas com um brilho frio nos cristais empoeirados do armário, e então.

Então ela me olhava com seus olhos gentis acostumados à sombra e talvez não distinguisse bem meus contornos contra a rua ainda batida de sol, mas não fiz um movimento antes de perceber que seus lábios abriam-se amáveis, como num sorriso, um sorriso antigo, desses dirigido a um fotógrafo de aniversário, e para não perturbá-la disse apenas que queria ver o quarto dele, e achei difícil dizer qualquer coisa, e não consigo lembrar se realmente disse ou apenas meti a mão no bolso para mostrar um amassado recorte de jornal, sem dizer nada, e então o seu sorriso se alargasse mais, compreendendo, mas ainda assim discreto, e ela afastasse lentamente o corpo como dizendo que estava às ordens e depois me conduzisse pelo corredor silencioso e atapetado e eu visse os retratos dos velhos parentes mortos dispostos pela parede e juntando ao acaso os olhos claros de um, o vinco no canto da boca de outro, a mecha rebelde no cabelo de um terceiro, o ar solitário de um quarto – e antes que ela se detivesse aos pés da escada, os dedos da mão esquerda postos sobre o corrimão branco, um pouco espantada com a minha demora –, mas antes disso eu já tivesse tido tempo suficiente para recompor o rosto dele, traço por traço de seus velhos parentes mortos, e como uma garra áspera me apertasse então a memória e para não sufocar eu olhasse rapidamente a salinha com móveis de madeira e palha e visse a um canto o piano entreaberto com a xícara de chá de jasmins e um fino fio de fumaça ainda subindo e depois.

    E depois sorrisse para ela, também amavelmente, e subisse devagar a escada, acompanhando o ritmo de seus passos, e visse seus sapatos de saltos grossos, e desviasse o olhar para minha própria mão, tão branca quanto o corrimão da escada, e voltasse a mesma garra áspera na minha garganta e pensasse, então, pensei nos dedos dele, todos os dias, fazia tanto tempo, desbravando o mesmo caminho pelo corrimão empoeirado, sentindo o vago cheiro de mofo se desprender de todos os cantos e novamente parasse, opresso, e novamente ela me acudisse, à porta do quarto, dizendo em voz baixa, tão baixa que tento lembrar se ela realmente chegou a dizer alguma coisa como: era aqui que ele morava: e abrisse a porta com seus gestos lentos e acendesse a luz e então.

Então julguei ver nos olhos dela um brilho fugitivo de lágrima muitas vezes contida, e antes de entrar pensei ainda, quase ferozmente, que bastava voltar as costas e descer correndo as mesmas escadas, sem tocar no corrimão, passar pela porta entreaberta da sala sem olhar para o piano, atravessar o corredor sem erguer os olhos para a galeria de retratos e alcançar a porta carcomida e novamente o jardim e novamente abrir o portãozinho enferrujado e sair para a rua quente de sol e de vida, mas.

Mas sem fazer nenhuma dessas coisas, desviar-me de seu corpo frágil e penetrar no quarto e saber, então, que já não poderei dar meia-volta para ir embora e.

E dentro do quarto, olhar para os livros desarrumados nas prateleiras, a cama com os lençóis ainda fora do lugar, como se há pouco alguém tivesse se erguido dali, e uma reprodução qualquer na parede, talvez uma figura disforme de Bosch que mais tarde eu olharia com atenção, tocando talvez, talvez tocasse no papel amarelado e sorrisse pensando em todos os monstros que ele carregava consigo sem jamais mostrá-los a ela, que dizia não ter tocado em nada, toda de preto, apenas aquele camafeu de marfim no pescoço, e eu pensasse em prendê-la um momento mais até que ela tocasse com os dedos da cor do camafeu nos veios duros da porta e não dissesse nada, como se tudo em volta se obscurecesse e de repente apenas aquele movimento dos dedos sobre os veios duros da madeira da porta tivesse vida, embora fosse morte, e também essa coisa que chamamos saudade e que é preciso alimentar com pequenos rituais para que a memória não se desfaça como uma velha tapeçaria exposta ao vento. Ela já não sorri. Apenas diz que é melhor que eu fique sozinho, e fecha a porta, e se vai, depois, deixando-me enredado num movimento que preciso escolher, porque não é possível permanecer para sempre estático no meio do quarto, atento apenas ao rápido e confuso desenrolar da memória. Mas nada faço. Permaneço em pé no meio do quarto e a porta se fecha sobre mim. E vejo os telhados onde jogávamos migalhas de pão para os passarinhos, escondidos para não assustá-los, até que eles viessem, mas não vinham nunca, era difícil seduzir os que têm asas, já sabíamos, mas ainda assim continuávamos jogando migalhas que a chuva dissolvia, intocadas. Não era difícil vê-lo ali, e ouvir seus passos longos subindo de dois em dois os degraus para abrir a porta e ficar me olhando sem dizer nada, até que nos abraçássemos e eu sentisse, como antigamente, a mecha rebelde de seu cabelo roçar-me a face como uma garra áspera e então soubesse nada ver, nada ouvir, e movimentasse meu corpo parado no meio do quarto para a cama sob a janela e mergulhando a cabeça nos lençóis desarrumados procurasse uma espécie de calor, imune ao tempo, às traças e à poeira, e procurasse o cheiro dele pelos cantos do quarto, e o chamasse com dor pelo nome, o nome que teve, antigamente, e nada encontrasse, porque tudo se perde e os ventos sopram levando as folhas de papel para longe, para além das janelas entreabertas sobre o telhado onde não restam mais migalhas para os pássaros que não vieram nunca. Mas não choro, mesmo que de repente me perceba no chão, buscando uma marca de sapato, um fio de linha ou de cabelo, os cabelos dele caíam sempre, ele os jogava sobre os telhados pelas tardes, repetindo nunca mais, nunca mais, e acreditávamos que um dia seríamos grandes, embora aos poucos fossem nos bastando miúdas alegrias cotidianas que não repartíamos, medrosos que um ridicularizasse a modéstia do outro, pois queríamos ser épicos heroicos românticos descabelados suicidas, porque era duro lá fora fingir que éramos pessoas como as outras, mas nos cantos daquele quarto tínhamos força sangue esperma, talvez febre, feito tivéssemos malária e delirássemos juntos navegando na mesma alucinação que a matéria fria da guarda da cama não traz de volta, porque tudo passou e é inútil continuar aqui, procurando o que não vou achar, entre livros que não me atrevo a abrir para não encontrar seu nome, o nome que teve, e certificar-me de que a vida é exatamente esta, a minha, e que não a troquei por nenhuma outra, de sonho, de invento, de fantasia, embora ainda o escute a dizer que compreende que alguns outros devem ter sentido a mesma dor, e a suportaram, mas que esta dor é a dele, e não a suportaria, e saber que tudo isso se perdeu como o calor do chá de jasmins esquecido sobre o piano, e então.

 E então tornar-me duro e pensar que tudo não passou de uma vertigem, e recusar o testemunho dolorido da memória e a mesma luz roxa do entardecer atravessando os verdes e os vidros para projetar sombras disformes na parede branca, e sacudir os ombros como se fosse real toda a poeira que existe sobre eles, e quase poder ver os pequenos átomos brilhantes dançando um pouco no ar antes de se depositarem sobre o tapete, os livros, a cama desfeita, e depois.

 Depois apagar a luz e descer outra vez pelos degraus, mas não olhar para os dedos quase confundidos com o branco da escada, e passar pela sala e falar com ela sem que me veja e atravessar o corredor e vê-la junto ao piano e atravessar a porta e sair para os degraus e ultrapassar o jardim como se pudesse esquecer tudo que não vi, mas um momento antes de abrir o portão olhar para trás e fosse, então, como se a visse tão diluída que não soubesse se está realmente ali e perguntasse a ela qualquer coisa, em voz tão alta que as pessoas na rua parassem para olhar e eu tivesse certeza de que ela me escuta, que não está sentada junto ao piano, com o chá esfriando na sala escura e roxa, tão alto que a obrigue a voltar-se e encarar-me e dizer duramente que sim, que não, que tudo isso não é verdade, que todos nós, eu, ela, ele, todos os degraus e todas as sombras e todos os retratos fazemos parte de um sonho sonhado por qualquer outra pessoa que não ela, que não ele, que não eu.

Conto do livro *O ovo apunhalado*.

SOB O CÉU DE SAIGON

Para Regina Valladares

Ele era um desses rapazes que, aos sábados, com a barba por fazer, sobem ou descem a rua Augusta. Aos sábados quase sempre à tarde, pois pelos óculos muito escuros e o rosto um tanto amassado por baixo da barba crescida, quem olhasse para um deles mais detidamente, mas poucos o fazem, perceberia que dormiu mal ou demais, bebeu na noite anterior, acabou de chorar ou qualquer coisa assim. Costumam usar jeans desbotados, esses rapazes, tênis gastos, camisetas e, quando mais frio, alguma jaqueta ou suéter geralmente puídos nos cotovelos. Quase sempre levam as mãos nos bolsos, o que torna impossível a qualquer um que passa ver melhor suas unhas roídas, seus dedos indicador e médio da mão direita, ou da esquerda, se forem canhotos, amarelados pelo excesso de fumo. Eles olham para baixo, não como se tivessem medo de tropeçar nos solavancos frequentes das calçadas da Augusta, pois raramente usam sapatos, e as solas de borracha dos tênis amoldam-se com certa suavidade às irregularidades do cimento; olham para baixo, e isso seria visível se se pudesse localizar o brilho nos seus olhos de pupilas um tanto dilatadas por trás das lentes escuríssimas dos óculos, como se procurassem tesouros perdidos, bilhetes secretos, alguma joia ou objeto que, mais que valor, guardasse também uma história imaginária ou real, que importa? Mas às vezes olham também para cima, e quando o céu está claro, o que é raro na cidade, pode-se imaginar que suas peles brancas procuram desesperadas e quase automaticamente pela luz do sol. E quando o céu está escuro, o que é bem mais comum, sobretudo nesses sábados em que rapazes assim costumam subir ou descer a rua Augusta, pode-se imaginar que procurem balões juninos, objetos voadores não identificados, paraquedistas, helicópteros camuflados, zepelins ou qualquer outra dessas coisas pouco prováveis de serem encontradas sobrevoando ruas como a Augusta num sábado à tarde. Ou horizontes, talvez busquem horizontes entre o emaranhado de edifícios refletidos nas lentes negras dos óculos que escondem o brilho ou a intenção do fundo dos olhos no momento em que um desses rapazes para na esquina, como se tanto fizesse dobrar à esquerda ou à direita, seguir em frente ou voltar atrás. Por serem como são, seguem sempre em frente, subindo ou descendo a rua Augusta. E por serem tão iguais, quem prestar atenção em algum deles, mas poucas vezes ou nunca alguém o faz, jamais saberá se se trata de muitos ou apenas um. Um único rapaz: este, com a barba por fazer e mãos enfiadas no fundo dos bolsos, que agora, logo depois de cruzar o topo da avenida Paulista, começa a descer a rua Augusta em direção aos Jardins no sábado à tarde.

*

 Ela era uma dessas moças que, aos sábados, com uma bolsa pendurada no ombro, sobem ou descem a rua Augusta. Aos sábados quase sempre à tarde, pois pelos óculos muito escuros e o rosto um tanto amassado que a ausência total de maquiagem nem pensou em disfarçar, quem olhar para uma delas mais detidamente, e alguns até o fazem, pedindo telefone ou dizendo gracinhas sem graça, às vezes grossas, porque elas caminham devagar, olhando as coisas, não as pessoas, mas quem olhar com atenção perceberá que dormiu mal ou demais, bebeu na noite anterior, acabou de chorar ou qualquer coisa assim, sem muita importância. Costumam, elas também, usar jeans desbotados, sapatos de salto baixo, às vezes tênis gastos, camisetas ou alguma blusa de musselina, seda, crepe ou outro tecido assim fino, que um rápido olhar mais arguto perceberia de imediato não se tratar de uma prostituta ou empregada doméstica. Pois têm certa nobreza, essas moças, não se sabe se pela maneira altiva como fingem não ouvir as gracinhas que alguns dizem, se pelo jeito firme de segurar a alça da bolsa com seus dedos de unhas sem pintura, conscientes de que são fêmeas e estão na selva. Num súbito encontrão, que não seria impossível, menos aos sábados, é verdade, do que nas sextas-feiras ao meio-dia ou de tardezinha, se alguém arrebatasse a bolsa a uma dessas moças para depois rasgá-la num terreno baldio, ficaria decepcionado com o dinheiro escasso, o talão de cheques sem saldo, uma agenda de poucos compromissos, tickets de metrô, algum livro de poesia, esoterismo ou psicologia, uma foto de criança, raramente de homem, quem sabe um cartão de crédito vencido e entradas para teatro ou show, já usadas. Essas moças não olham para baixo nem para cima: com passo decidido, olham direto para a frente, como se visualizassem além do horizonte um ponto escondido para esses outros que passam quase sempre sem vê-las, para onde se dirigem com seus jeans gastos, suas bolsas velhas, suas peles de nenhum artifício. Dessa nitidez no passo, dessa atrevida falta de artifícios no rosto é que brota quem sabe aquela impressão de nobreza transmitida tão fortemente quando passam, mesmo aos que não as olham nem mexem com elas. Podem parar para folhear revistas estrangeiras em alguma banca, sem jamais comprar nada, deter-se para conferir os preços estampados nas portas dos restaurantes, olhar maçãs ou morangos, tocar rosas ou antúrios, mas geralmente apenas seguem em frente, subindo ou descendo a rua Augusta. Talvez sejam tantas e, se realmente o são, tão parecidas que, se alguém do alto de uma janela no Conjunto Nacional olhasse para baixo e as visse agora, poderia pensar mesmo que são uma só. Uma única moça: esta, com a bolsa velha pendurada no ombro, que depois de cruzar o topo da avenida Paulista começa a descer a rua Augusta em direção aos Jardins no sábado à tarde.

*

E porque o mundo, apesar de redondo, tem muitas esquinas, encontraram-se esses dois, esses vários, em frente ao mesmo cinema e olham o mesmo cartaz. *Love kills, love kills*, ele repete baixinho, sem perceber a moça a seu lado. *And this is my way*, ela cantarola em pensamento, na versão de Frank Sinatra, não de Sid Vicious, sem perceber o rapaz a seu lado. Outros entram e saem, sem vê-los nem ver-se, remanescentes punks, pregos nas jaquetas, botas pretas, intelectuais de óculos, aros coloridos, paletós xadrez, adolescentes japonesas, casais apertadinhos, elas comendo pipocas, senhoras de saia justa, gente assim, de todo tipo.

E talvez porque rapazes e moças como ele e ela aos sábados à tarde raramente ou nunca se enfiam pelos cinemas, preferindo subir ou descer a rua Augusta olhando as coisas, não as pessoas, os dois se encaminham para as entradas em arco do cinema. Então param e olham para cima, suspirando em suave desespero, um céu tão cinza, como se fosse chover, oh céu tão triste de Sampa.

E então como se um anjo de asas de ouro filigranado rompesse de repente as nuvens chumbo e com seu saxofone de jade cravejado de ametistas anunciasse aos homens daquela rua e daquele sábado à tarde naquela cidade a irreversibilidade e a fatalidade da redondeza das esquinas do mundo – ele olhou para ela e ela olhou para ele.

Ele sorriu para ela, sem ter o que dizer. Ela também sorriu para ele. Mas disse, a moça disse:
– Parece Saigon, não?
– O quê? – ele perguntou sem entender.
Ela apontou para cima:
– O céu. O céu parece Saigon.
Surpreso, e meio bobo, ele perguntou:
– E você já esteve em Saigon?
– Nunca – ela sorriu outra vez. – Mas não é preciso. Deve ser bem assim, você não acha?
– O quê? – ele, que era meio lento, tornou a perguntar.
– O céu – ela suspirou. – Parece o céu de Saigon.
Ele sorriu também outra vez. E concordou:
– Sim, é verdade. Parece o céu de Saigon.

Nesse momento – dizem que cabe aos homens esse gesto, e eles eram mesmo meio antigos – talvez ele tenha pensado em oferecer um cigarro a ela, em perguntar se já tinha visto aquele filme, se queria tomar um café no Ritz, até mesmo como ela se chamava ou alguma outra dessas coisas meio bestas, meio inocentes ou terrivelmente urgentes que se costuma dizer quando um desses rapazes e uma dessas moças ou qualquer outro tipo de pessoa, e são tantos quantas pessoas existem no mundo, encontram-se de repente e por alguma razão, sexual ou não, pouco importa se por alguns minutos ou para sempre, tanto faz, por alguma razão essas pessoas não querem se separar. Mas como ele era mesmo sempre um tanto lento, não perguntou coisa alguma, não fez convite nenhum. Nem ela. Que lenta não era, mas apenas distraída. Ela então sorriu pela terceira vez, e já de costas abanou de leve a mão abrindo os dedos, como Sally Bowles em *Cabaret*, e continuou a descer a rua Augusta. Ele também sorriu pela terceira vez, meio sem jeito como era seu jeito, enfiou as mãos ainda mais fundo nos bolsos, como Tony Perkins em vários filmes, coçou a barba por fazer e resolveu subir novamente a rua Augusta.

Uns cem metros além, ela pela alameda Tietê, ele pela Santos, esse rapaz e essa moça, ou talvez os dois, ou quem sabe até mesmo nenhum, mas de qualquer forma ao mesmo tempo, pensam vagos e sem rancor mas estes sábados sempre tão chatos, porra, nunca acontece nada. Por associação de ideias nem tão estranha assim, ele ou ela, ou nenhum dos dois, talvez olhem ou não para trás procurando quem sabe algum vestígio, um resto qualquer um do outro pela rua Augusta deserta do sábado à tarde.

Mas rapazes e moças assim não costumam deixar rastros, e ambos já tinham sumido em suas esquinas de ladeiras súbitas e calçadas maltratadas. Acima deles, nuvens cada vez mais densas escondem súbitas o anjo. O céu de chumbo, onde não seria surpresa se no próximo segundo explodisse um cogumelo atômico, caísse uma chuva radioativa ou desabasse uma rajada de napalm, parecia mesmo o céu de Saigon, quem sabe pensaram. Embora, de certa forma, eles nunca tivessem estado lá.

Conto do livro *Ovelhas negras*.

MEL & GIRASSÓIS

(*Ao som de Nara Leão*)

Para Nelson Brissac Peixoto

1

Como naquele conto de Cortázar – encontraram-se no sétimo ou oitavo dia de bronzeado. Sétimo ou oitavo porque era mágico e justo encontrarem-se, Libra, Escorpião, exatamente nesse ponto, quando o eu vê o outro. Encontraram-se, enfim, naquele dia em que o branco da pele urbana começa a ceder território ao dourado, o vermelho diluiu-se aos poucos no ouro, então dentes e olhos, verdes de tanto olharem o sem fim do mar, cintilam feito os de felinos espiando entre moitas. Entre moitas, olharam-se. Naquele momento em que a pele entranhada de sal começa a desejar sedas claras, algodões crus, linhos brancos, e a contemplação do próprio corpo nu revela espaços sombrios de pelos onde o sol não penetrou. Brilham no escuro esses espaços, fosforescentes, desejando outros espaços iguais em outras peles no mesmo ponto de mutação. E lá pelo sétimo, oitavo dia de bronzeado, passar as mãos nessas superfícies de ouro moreno provoca certo prazer solitário, até perverso, não fosse tão manso, de achar a própria carne esplêndida.

Olharam-se entre palmeiras – carnívoros, mas saciados, portanto serenos – pela primeira vez. Quase animais no meio das moitas sombrias em que de repente tornou-se o céu azul redondo, de cetim, o mar verde, pedra semipreciosa, quando se olharam. Ela boiava além da arrebentação, onde a espuma das ondas não atrapalha mais quem tem vontade de contemplar os próprios pés confundidos com a areia branca do fundo do mar. Olhos fechados, deitada de costas na água, maiô preto, cabelos espalhados em volta, mãos abertas, pernas abertas, como se trepasse com o sol. Apenas a boca cerrada revelava alguma dureza, mas essa boca se abriu assustada quando ele veio nadando desde a praia, cabeça afundada na água – e sem querer esbarrou nela.

Foi assim: ela boiava toda aberta, viajando mais longe que aqueles navios cruzando de tardezinha o horizonte, ninguém sabia em direção a onde. Então ele veio, braço após braço, meio tosco, meio selvagem, e de repente num braço estendido à frente do outro a mão desse braço tocou sem querer, por isso mesmo meio bruscamente, a coxa dela. A moça contraiu-se, esponja ferida, projetou o busto e abriu uns olhos meio injetados de sal, de mar, de luz. A mão dele também contraiu-se, e ficaram os dois se olhando, completamente molhados, direto nos olhos, quase meio-dia de sol abrasador, verão a mil. Você sabe, susto de onça, leopardo, nesse olhar que, além dele ou dela, só abarcava um mar imenso. Até que ele falou:

– Desculpe.

Ela disse:

– Não foi nada.

Como se não tivessem levado um susto. Hipócritas, sociais, duas pessoas passando quinze dias de férias numa praia qualquer do Havaí ou Itaparica, sorriram amavelmente um para o outro, embaixo dos cabelos encharcados, fingiram que estava tudo bem. E estava, sério. Ele nadou para longe. Ela continuou boiando. Indiferentes. Nadando para longe, em direção àqueles veleiros que não eram reais, mas uma paisagem desenhada e até meio cafona, exatamente do gênero desta que traço agora – ele olhou para trás e a viu assim como ela estava antes, só que artificialmente agora, depois que ele a vira: olhos fechados, braços e pernas abertos, entregue como se trepasse com o sol. Enquanto ele nadava para longe, meio tosco, meio selvagem, braço após braço, cara afundada na água, ela também abriu um dos olhos. E espiou. Ele nadava para longe dela, uma pedra no meio do caminho, ela pensou, que tinha algumas leituras, sim. Mas uma pedra, supôs, que afastaria com a ponta do sapato, não estivesse de pés nus, afundados na água. Ela agitou os pés nus dentro da água morna afundados. Lugar-comum, sonho tropical: não é excitante viver?

2

Encontraram-se novamente na mesma noite. Desta vez foi diferente. Ele demorou-se um pouco mais na frente do espelho, tramando sobre o corpo de banho tomado a camisa branca, a calça azul-clarinho, bem largas as duas. Mas de maneira alguma pensou nela nem em ninguém mais, enquanto se olhava, garanto. Então foi jantar no restaurante do hotel, aquela coisa de bananas & abacaxis decorando saladas, araras & tucanos empoleirados sobre suflês, como um filme meio B, até mesmo meio C, e de repente houvesse um número rápido com Carmen Miranda nas escadarias, não espantaria. Ela não se demorou. Urbana fiel ao preto, jogou a seda de uma blusa sobre o velho jeans meio arrebentado, e só entregou certa expectativa – naquele momento, honestamente, nem ela saberia de quê – quando acrescentou um pequeno fio de pérolas, quase invisível. E jogou o cabelo comprido para o lado, num gesto rápido de mulher, tão de mulher que é desses preferidos pelos travestis.

Então desceram. Só uma forma de dizer, porque não, não havia escadarias. Também, não cheguemos a tanto. Eram como bangalôs dispostos lado a lado, e para chegar ao restaurante você vinha por uma espécie de corredor-varanda coberto de tralhas artesanais, redes penduradas entre colunas em arco. Se você quer saber, havia sim cestos de palha, peixes empalhados pendurados nas paredes caiadas de branco, além de grandes vasos de cerâmica – que, inevitável, faziam lembrar que Morgiana e Ali Babá – estrategicamente espalhados no percurso. Morenos de calças brancas e peito nu tocando violão jogados em redes, também havia. E moças morenas de cabelos soltos, vestidos estampados de flores miudinhas, caminhando tão naturais entre as cerâmicas que tudo aquilo parecia de verdade. Aquela coisa rústica: todos morenos, ardentes, arfantes, ecológicos, contratados pelo hotel. Vieram caminhando por esse corredor, ele de branco, ela de preto, até entrarem no que chamavam, certa pompa só medianamente convincente, de O Grande Salão.

Não se encontraram de imediato. Ela ficou numa mesa do lado esquerdo, com a Professora Secundária Recuperando-se Do Amargo Desquite, a Secretária Executiva Louca Por Uma Transa Com Aqueles Garotões Gostosos e a Velha Tia Solteirona Cansada De Cuidar Dos Sobrinhos. Ele sentou numa mesa à extrema direita – nada ideológico – junto do Casal Em Plena Segunda Lua De Mel Arduamente Conquistada e o Jogador De

Basquete Em Busca De Uma Vida Mais Natural. Conversando, durante o suflê de camarão e o ponche de champanha, que era um hotel cinco estrelas, com certo sucesso ela citou Ruth Escobar, Regina Duarte, uma matéria da revista *Nova* e arriscou Susan Sontag, mas ninguém entendeu. Enquanto ele amassava o segundo maço de Marlboro e tinha um pouco de preguiça de defender Paulo Francis, mas concordou que os ministérios, tanto para a cultura quanto para o esporte ou a educação, não eram lá essas coisas. Além do mais, tinha saudade, sim, dos Aero Willys. Encararam-se mesmo foi na hora do doce de coco em lascas com banana amassada. Desta vez, foi ela quem esbarrou nele. Então ele olhou-a com aqueles olhos meio fatigados de quem está suportando uma noite extremamente chata, para ver uma moça que já tinha visto antes. Cabelos presos na nuca, blusa de seda preta, jeans arrebentados, uma moça com olhos de quem está suportando, na boa, uma noite extremamente chata, e só lembrou vagamente que a conhecia de algum lugar. Mas ela localizou naquele homem moreno, nariz descascando um pouco na ponta, exatamente o cara que tinha esbarrado nela na praia, só que de cabelos secos, vestido. Ela sorriu, porque tinha esses lances assim, meio provocantes, e disse:
— Agora estamos quites.
Meio pateta, como costumam ser os homens, em férias ou não, ele rosnou:
— Hã?
E quando ela pediu com-licença e ele se afastou um pouco foi que, vendo-a pelas costas, eretas demais, um tanto tensas, reconheceu a-moça-da-boia e falou:
— Tudo bem?
Ela disse:
— Joia.

Depois serviram-se, comeram, entediaram-se pelo resto da noite, que não era muito longa – a não ser que você quisesse chafurdar em pântanos de daiquiri para depois chamar, também podia, por telefone, um daqueles rapazes de calças brancas, sem o violão, naturalmente, ou uma daquelas moças de vestido estampado. Então inventar qualquer história que resultaria num cheque a menos no talão e, quem sabe, alguma espécie de prazer suarento e, esperava-se, totalmente – ou pelo menos um pouco – selvagem. Eles não queriam isso. Nessa noite, nessa altura, nesta história decididamente: não. De longe, olharam-se distraídos, tomaram seus cafés, fumaram seus cigarros, pediram licença, debruçaram-se um pouco pelas varandas ao som de é-doce-morrer-no-mar ou minha-jangada-vai-sair-pro-mar. Depois, delicadamente foram dormir. Sozinhos.

3

Antes de dormir, ele fumou três Marlboro. Ela tomou meio Dienpax. Ele folheou uma biografia de Dashiell Hammett, tão fodido coitado, pensou, e Lilian Hellman seria mesmo uma naja? e apagou a luz, virou pro outro lado, tentou ficar de pau duro entre os lençóis cheirando pensou que a algas, mas alga não tem cheiro, qualquer coisa verde, enfim, então dormiu no meio de uma punheta sem objeto, mera mania. Ela abriu Margaret Atwood, mas que coisa mais lenta toda aquela história de mulheres vestidas de vermelho, depois Doris Lessing, mas era meio porco aquele negócio da velha morando num *basement*, então apagou a luz e sem querer pensou Carlos, mas não vinha mais nem um sinal de emoção, aí dormiu aconchegada na própria pele queimada de sol.

Tão maravilhoso & repousante, os dois pensaram pouco antes de dormir.

Manhã seguinte, estendendo a toalha, nota gigante felpuda de um dólar, ela espiou por baixo dos raibans gatinho em todas as direções, não que procurasse alguém, até localizá-lo, sem planejar, a poucos metros. Um homem, verdade, com certa barriga, nada de grave, mas ombros largos, pernas fortes, mãos na cintura, atrevidamente solitário. Ele olhava para ela, pura coincidência. Ela sorriu, pavloviana. Ele levantou a mão. Ela também levantou a mão. Paradas assim no ar, por um momento as mãos dele e dela diziam qualquer coisa como oi, você aí. Qualquer coisa assim, nada a ver. Meticulosa, pós-naturalista, ela passou o urucum na pele, depois deitou-se de costas ao sol. Enquanto ele, sem creme nem óleo, deitava-se de bruços na areia pura (e tantos parasitas, micoses, meu Deus), que os homens são assim, ela pensou, tão rudes. E teve um arrepio. Foi nesse arrepio que soube.

Ele soube quando, deitado de bruços, por baixo do fio sintético do calção preto, o pau ficou mais duro. Ele mexeu devagar a bunda, sem ninguém perceber, num movimento de entra e sai, você sabe, de alguma coisa úmida. Enquanto isso, olhavam-se. Ela, por trás dos raibans gatinho; ele, das sobrancelhas franzidas, das pálpebras apertadas por causa do sol cada vez mais forte. Oblíquos, cada um à sua maneira, começavam a saber.

Passou um negrão vendendo coisas. Ele tomou uma latinha de cerveja, ela achou brega. Ela tomou um suco de limão, ele achou chique, mesmo em copo de plástico. Então ela quase começou a dormir no sol mais e mais quente, umas memórias misturavam-se às fantasias, e ia até resistir ao sono quando viu a Secretária Executiva aproximando-se com uma Estonteante Tanga Tigrada, e

preferiu afundar de vez naquela bobeira suada que lhe trazia de volta um nome de homem, certas amarguras, espantos, flashbacks, ela de saia pregueada azul-marinho, uma professora de nariz enorme dizendo você vai longe, menina. Ela ia longe, sim – para Madagáscar ou Bali, onde escreveria um livro definitivo sobre A Sabedoria Que As Mulheres Ocidentais Conquistaram Depois Da Grande Desilusão De Tudo Inclusive Dos Homens.
De repente, porque algo acontecera no seu campo de visão, abriu os olhos. Coberta de suor, atordoada como uma menina de saia pregueada azul-marinho, livros apertados contra os pequenos seios. Por entre duas coxas masculinas, peludas, musculosas, ela viu primeiro a crista do mar e um surfista cavalgando ondas, mas como se estivesse enquadrado por aquele limite que, só depois de algum tempo, passando a mão na testa, percebeu que eram duas coxas masculinas. Ela olhou para ele: hein?
Ele estava parado ao lado dela. Mão esquerda na cintura, direita sobre os olhos para proteger-se do sol, ele olhava para ela. Aquela mulher não muito jovem, estendida de costas sobre uma toalha branca, encarando de frente o sol. Era a segunda vez que ele a via assim, encarando de frente o sol. Quando ele percebeu que ela olhava para ele, flexionou as coxas e foi-se apoiando aos poucos nos próprios pés dobrados, até ficar quase ao nível dela, deitada na areia. Meio sem jeito, meio óbvio demais, mas tudo era verão, meio sem assunto e sem saber direito por que, ele perguntou assim:
– Como vai?
Ela disse:
– Legal. E você?

4

Conversaram, no oitavo ou nono dia. Nadaram juntos na praia, primeiro. Depois ela sentiu sede, ele pagou outro suco de limão, tomou outra cerveja. Deitados na areia, lado a lado, falaram. Se você quer que eu conte, repito, mas não é nada original, garanto. Ela era qualquer coisa como uma Psicóloga Que Sonhava Escrever Um Livro; ele, qualquer coisa como um Alto Executivo Bancário A Fim de Largar Tudo Para Morar Num Barco Como O Amyr Klink. Ela, que quase não fumava, aceitou um cigarro. E disse que gostava de Fellini. Ele concordou: demais. Para surpresa dela, ele falou em Fassbinder. Ela foi mais além, rebateu com Wim Wenders. Ele então teve um pouco de medo, recuou e contemporaneizou em Bergman. Ela disse ah, mas avançou ainda mais e radicalizou em Philip Glass. Ele disse não vi o show, e começou a discorrer sobre minimalismo: um a zero para ele. Ela aproveitou para fazer uma extensa, um tanto tensa, digressão sobre qualquer coisa como Identidades Da Estética Minimalista Com O Feeling Da Bossa-Nova. Ele ouviu, espantado: um a zero para ela.

Empatados, encontraram-se em João Gilberto, que ouviam sozinhos em seus pequenos mas bem decorados apartamentos urbanos, quando queriam abrir o gás, jogar-se pela janela ou cortar os pulsos, e não tinham ninguém na madrugada. Encontraram-se tanto que, mais de meio-dia, ela aceitou também uma cerveja. Meio idiotas, mas tão felizes, ficaram cantando *O Pato*, enquanto todos aqueles Atletas Dispostos A Tudo Por Um Corpo Mais Perfeito, Gays Fugindo Da Paranoia Urbana Da Aids, Senhoras Idosas Porém Com Tudo Em Cima, e por aí vai, retiravam-se em busca do almoço. O sol queimava queimava. Então ele viu um barquinho a deslizar, no macio azul do mar, mostrou para ela, que viu também, e apontaram, e riram, e o sol não parecia tão ardente – era o oitavo ou nono dia de bronzeado. Aquele, quando o moreno já dominou a pele e você pode, sem susto, tirar os raibans, como ela tirou, para encarar a ele ou a qualquer um outro, direto nos olhos. Que sorriam. Tudo era tão tropical, estavam de férias, morreram de rir, falaram a gente se vê, sem pressa, ao se despedirem na porta dos bangalôs, o dela era o número 19, ele marcou na cabeça. E foram cada um tomar seu banho de água doce.

Descobriram à noite, dançando *Love is a Many Splendored Thing*. No começo afastados, depois cada vez mais próximos, à medida que o maestro do conjuntinho enveredava por ciladas como Beatles, Caetano ou Roberto Carlos. Cantaram juntos *Eleanor Rigby*, tinham os dois mais de trinta, e ela de repente ficou toda arrepiada com vou-cavalgar-por-toda-a-noite, encostou a cabeça no ombro dele. Ele apertou mais forte na cintura dela. E foram assim, rodando meio tontos, às vezes sentando para falar de Pessoa, Maísa ou Clarice. Aos poucos descobrindo, localizando, sitiando.

Ele tentava esquecer uma mulher chamada Rita. Conforme o uísque diminuía na garrafa, Rita misturava-se aos poucos com outra chamada Helena, ele repetia como-amei-aquela-mulher-nunca-mais-nunca-mais, enquanto ela sentia algum ódio, mas não dizia nada, toda madura repetindo isso-passa-questão-de-tempo-tudo-bem. Para espanto dele, ela falou o nome daquele homem de antes, de outros também, Alexandre, Lauro, Marcos, Ricardo – ah os Ricardos: nenhum presta – e ele também sentiu certo ódio, nada de grave, normal, tempos modernos, mero confronto de descornos. Falaram então sobre as paixões, os enganos, as carências e todas essas coisas que acontecem no coração da gente e tudo, e nada. Dançaram

de novo. Ele achava tão bom debruçar o rosto naquela curva do pescoço dela. Ela achava um pouco *forte* estar-se exibindo assim com um homem afinal desconhecido debruçado desse jeito no pescoço dela, mas encostava mais e mais a bacia na bacia dele – a pelve, a pelve, repetia, mentalmente ensaiando passos de dança e-um-e-dois--e-três –, um homem tão abandonado e limpinho cheirando não sabia ainda se a Paco Rabanne ou Eau Sauvage, seria Phebo? cheiro de homem direito decente e porra caralho: afinal, estavam de férias. E livres, mas esse maldito vírus impõe prudência. Ela deixou que a mão dele descesse até abaixo da cintura dela. E numa batida mais forte da percussão, num rodopio, girando juntos, ela pediu:
– Deixa eu cuidar de você.
Ele disse:
– Deixo.

5

Assim foram pelos dias, que não eram muitos mais. Quatro, cinco, nem uma semana. Caminhavam descalços na areia, à noite, à beira-mar – juro. Devagar, as mãos se tocavam: a tua é tão longa, a tua tão quadrada. Ele não queria entrar noutra história, porque doía. Ela não queria entrar noutra história, porque doía. Ela tinha assumido seu destino de Mulher Totalmente Liberada Porém Profundamente Incompreendida E Aceitava A Solidão Inevitável. Ele estava absolutamente seguro de sua escolha de Homem Independente Que Não Necessita Mais Dessas Bobagens De Amor. Caminhavam assim, lembrando juntos letras de bossa-nova. Ela imitava Nara Leão: se-alguém-perguntar-por-mim. Ele, Dick Farney:

pelas-manhãs-tu-és-a-vida-a-cantar. Nada sabiam de punks, darks, neons, cults, noirs. Eram tão antigos caminhando de mãos dadas naquela areia luminosa, macia de pisar quando os pés afundam nela lentamente. Carne de lagosta, creme, neve. Tão bom encontrar você, um cantinho, um violão.

Beijavam-se depois com certa ardência excessiva na porta do bangalô dela. Ou dele, quando ele bebia demais e não segurava, mas isso era tolerável, embora frequente. Na boca, só umas três vezes. A lua era tão cheia, eles tão tímidos. De língua, uma única. Meio contraídos – ele tinha uma ponte fixa do lado esquerdo superior; ela, um pino segurando um pré-molar do lado direito inferior. Ele a achava tão digna & superior, ela o achava tão elegante & respeitador. E pensavam: isto é uma historinha de férias, não leva a nada, passatempo. Se ele tivesse amigos por ali, diriam come essa mina logo, cê tá marcando, cara. Se ela tivesse amigas ali, brincariam de bruxas de Eastwick, discutiriam cheiros, volumes, investigariam saldos no talão de cheques. Sem ninguém, na real: ele a deixava ou ela o deixava. Era só, depois iam dormir. Então sonhavam um com o outro no escuro cinco estrelas de seus bangalôs com antena parabólica.

Ela deita de costas na cama, ele pensava, só de calcinhas. Ela tem seios pequenos que ele fecharia dentro das duas mãos, como quem segura duas maçãs daquelas verdinhas. Eu deito por cima dela, afundo a cabeça no seu ombro. Ela passa a mão direita por trás das minhas costas, me lambe na orelha, passa a mão nas minhas costas, vai descendo, arranha sem machucar, ela tem as unhas curtas, até em cima da minha bunda, então começa a descer a minha cueca, eu fico sentindo meu peito apertado contra os seios miúdos dela, enquanto ela continua a descer devagarinho a minha cueca e eu começo a sentir também a pressão de meu pau contra seu umbigo, até a cueca chegar aos joelhos e eu comprimo meu pau contra sua barriga, então ela diz gracinha-gracinha, e quando a cueca chega nos meus tornozelos eu a expulso para o meio do quarto com um pontapé e fico inteiro nu contra ela que está quase inteiramente nua também, porque vou descendo sua calcinha devagar enquanto digo: minha mãe, irmã, esposa, amiga, puta, namorada – te quero. Ele vem por cima de mim, ela pensava, enquanto o espero deitada na cama. Ele afunda em cima de mim como um bebê que quisesse mamar no meu seio que então empino, oferecendo o bico duro a ele. Ele passa a mão por trás das minhas costas que arqueio um pouco, para que ele possa me apertar pela cintura, enquanto me afundo mais no corpo dele, e desço suas cuecas devagar até que ele as jogue com um pontapé no meio do quarto ao mesmo tempo em que sua mão na minha cintura desceu minhas calcinhas até jogá-las no meio do quarto. Então nos apertamos inteiramente nus um contra o outro, enquanto ele entra em mim, tão macio, e ele me diz você é a mulher que eu sempre procurei na minha vida, e eu digo você é o homem que eu sempre procurei na minha vida, e nos afogamos um no outro, e nos babamos e lambuzamos da baba da boca e dos líquidos dos sexos um do outro enquanto digo: meu pai, irmão, marido, amigo, macho, príncipe encantado – te quero.

6

No final dos quinze dias, estavam inteiramente dourados. Nadaram: ela falou, entre braçadas, que estava com saudade da Avenida Paulista, pique, buzina, relógio digital. Comeram camarão: ele falou que estava com saudade do Rodeio, picanha fatiada, salada de agrião, dry-martini. Correram juntos pela praia sem falar nada. Mas tudo em qualquer movimento dizia que pena, baby, o verão acabou, postal colorido, click: já era. Fumaram cigarros meio secos sobre a areia, olhando o horizonte, falando forçados do Livro Que Ela Ia Escrever e do Barco Onde Ele Ia Morar, porque afinal não eram animais, respeitavam o in-te-lec-to um do outro. Mais de trinta anos, quase dez de análise, nenhum laço, alguma segurança, pura liberdade. Todo aquele simulacro de Havaí em volta: maduros, prontos. À espera.

Ele ofereceu outro Marlboro, ela aceitou. Ela passou Copertone nas costas dele, ele deixou. Ela falou que bom encontrar você no meio de gente tão medíocre, ele sorriu envaidecido. Ele disse nunca pensei encontrar uma mulher como você num lugar como este (mas não é nenhum puteiro, ela desconfiou), ela sorriu lisonjeada. Ele esticou a perna, o pé dele ficou bem ao lado do pé dela. O pé dela era branco, arqueado pelos muitos anos de dança. O pé dele era moreno, joanete saliente, unhas machucadas, pé de executivo. Como por acaso, o pé dele debruçou sobre o pé dela. Ela deixou – último dia, não havia mais tempo. Manhã seguinte, acabou: the end – sem happy? Ela sentiu-se um pouco tonta naquele sol todo, ele perguntou se queria uma água. Ela suspeitou que ele a achava uma coroa meio chata porque afinal, nesses dias todos, nem tinha tentado qualquer coisa mais. Ele suspeitou que ela o achava um cara inteiramente careta porque, nesses dias todos, nem tinha tentado qualquer coisa mais.

Eles se olharam com tanta suspeita e compreensão, mais de meio-dia na praia escaldante. Os olhos dele lacrimejavam de tanta luz. Ela emprestou a ele os raibans gatinho, depois riu enquanto ele colocava e fazia uma pose meio de bicha. Será, ela suspeitou. E olhou para as garotas que jogavam vôlei de uma maneira tão decidida que será, ele suspeitou. Tempos modernos, vai saber. O sol continuava a descer, tomaram três latinhas de cerveja cada um, lembraram da letra inteira de tá-fazendo-um--ano-e-meio-amor-que-o-nosso-lar-desmoronou, ela pensou com desgosto no Fiat verde avançando pelo Minhocão, oito da manhã, ele pensou com desgosto nos três telefones à sua mesa, e os dois pensaram com tanto desgosto nessas coisas todas que tomaram mais uma cerveja, o sol continuava descendo. Não tinha mais ninguém na praia quando viram o sol, bola vermelha, mergulhar no mar em direção ao Japão. Enquanto amanhece lá, anoitece aqui, ele disse. Combinaram vagamente um sushi na Liberdade. Mas era o último dia, puro verão, e não estavam nem um pouco a fim um do outro, que pena.

7

Comeram lagosta, à noite. Ela toda de branco, cabelos soltos, dourados de sol, meio queimados de sal. Ele todo de preto, camisa aberta ao peito, pele novinha em folha na ponta do nariz comprido. Depois dançaram, sempre dançavam. Quase não disseram nada. Soprava uma brisa morna do mar, bem assim, agitando a copa das palmeiras. Eu sou uma mulher tão sozinha, ela disse de repente. Eu sou um homem tão sozinho, ele disse de repente. Foi quando o conjuntinho começou a tocar *Lygia*, de Tom Jobim, que eles falaram juntos: o João um dia devia gravar essa, já gravou? não me lembro: e-quando-do-eu-me-apaixonei-não-passou-de-ilusão. Apertaram-se tanto um contra o outro, sem nenhuma intenção, só enlevo mesmo, que não perceberam a pista esvaziando, e de repente eram três, quase quatro da madrugada. O ônibus até o aeroporto saía às oito, o dela, às nove, o dele, e continuavam os dois no meio da pista, sem conseguir parar de dançar coisas como *Moonlight Serenade*, ou *As Time Goes By*, músicos cúmplices. Eles eram tão colonizados, tão caretas e carentes, eles estavam tão perdidos no meio daquela fantasia sub-havaiana que já ia acabar. Ela era só uma moça querendo escrever um livro e ele era só um moço querendo morar num barco, mas se realimentando um do outro para. Para quê? Eles pareciam não ter a menor ideia.

O cheiro dele era tão bom nas mãos dela quando ela ia deitar, sem ele. O cheiro dela era tão bom nas mãos dele quando ele ia deitar, sem ela. O corpo dela se amoldava tão bem ao dele, quando dançavam. Ele gostava quando ela passava óleo nas suas costas. Ela gostava quando, depois de muito tempo calada, ele pegava no seu queixo perguntando – o que foi, guria? Ele gostava quando ela dizia sabe, nunca tive um papo com outro cara assim que nem tenho com você. Ela gostava quando ele dizia gozado, você parece uma pessoa que eu conheço há muito tempo. E de quando ele falava calma, você tá tensa, vem cá, e a abraçava e a fazia deitar a cabeça no ombro dele para olhar longe, no horizonte do mar, até que tudo passasse, e tudo passava assim desse jeito. Ele gostava tanto quando ela passava as mãos nos cabelos da nuca dele, aqueles meio crespos, e dizia bobo, você não passa de um menino bobo.

Como nas outras noites, ele a deixou na porta do bangalô 19, quase cinco da manhã, pela última vez. Mas diferente das outras noites, ela o convidou para entrar. Ele entrou. Tão áspero lá dentro, embora cinco estrelas, igual ao dele. Ele não sabia o que fazer, então ficou

parado perto da porta enquanto ela abria a janela para que entrasse aquela brisa morna do mar. Ela parecia de repente muito segura. Ela apertou um botão e, de um gravador, começou a sair a voz de Nara Leão cantando *These Foolishing Things*: coisas-assim-me-lembram-você. Ela veio meio balançando ao som do violão e convidou--o para dançar, um pouco mais. Ele aceitou, só um pouquinho. Ele fechou os olhos, ela fechou os olhos. Ficaram rodando, olhos fechados. Muito tempo, rodando ali sem parar.
Ele disse:
— Eu não vou me esquecer de você.
Ela disse:
— Nem eu.
Ele afastou-a um pouco, para vê-la melhor. Ela sacudiu os cabelos, olhou bem nos olhos dele. Uma espécie de embriaguez. Não só espécie, tanta vodca com abacaxi. Eles pararam de dançar. Nara Leão continuava cantando. A luz da lua entrava pela janela. Aquela brisa morna, que não teriam mais no dia seguinte. Ele a viu melhor, então: uma mulher um pouco magra demais, um tanto tensa, cheia de ideias, não muito nova — mas tão doce. As duas mãos apoiadas nos ombros dele, assim afastando os cabelos, no mesmo momento ela o viu melhor: um homem não muito alto, ar confuso, certa barriga, não muito novo — mas tão doce. Que grande cilada, pensaram. Ficaram se olhando assim, quase de manhã.

Ela não suportou olhar tanto tempo. Virou de costas, debruçou-se na janela, feito filme: Doris Day, casta porém ousada. Então ele veio por trás: Cary Grant, grandalhão porém mansinho. Tocou-a devagar no ombro nu moreno dourado sob o vestido decotado, e disse:
— Sabe, eu pensei tanto. Eu acho que.
Ela se voltou de repente. E disse:

– Eu também. Eu acho que.
Ficaram se olhando. Completamente dourados, olhos úmidos. Seria a brisa? Verão pleno solto lá fora.
Bem perto dela, ele perguntou:
– O quê?
Ela disse:
– Sim.
Puxou-o pela cintura, ainda mais perto.
Ele disse:
– Você parece mel.
Ela disse:
– E você, um girassol.
Estenderam as mãos um para o outro. No gesto exato de quem vai colher um fruto completamente maduro.

Conto do livro *Os dragões não conhecem o paraíso*.

DEPOIS DE AGOSTO

(*Uma história positiva, para ser lida ao som de
"Contigo en la distancia"*)

*Porque o Eterno, teu Deus, te há abençoado
em toda a obra das tuas mãos; soube da tua
longa caminhada por este grande deserto;
há já quarenta anos que o Eterno, teu Deus,
está contigo e nada te tem faltado.*

Deuteronômio, II, 7

LÁZARO

Naquela manhã de agosto, era tarde demais. Foi a primeira coisa que ele pensou ao cruzar os portões do hospital apoiado náufrago nos ombros dos dois amigos. Anjos da guarda, um de cada lado. Enumerou: tarde demais para a alegria, tarde demais para o amor, para a saúde, para a própria vida, repetia e repetia para dentro sem dizer nada, tentando não olhar os reflexos do sol cinza nos túmulos do outro lado da avenida Dr. Arnaldo. Tentando não ver os túmulos, mas sim a vida louca dos túneis e viadutos desaguando na Paulista, experimentava um riso novo. Pé ante pé, um pouco para não assustar os amigos, um pouco porque não deixava de ser engraçado estar de volta à vertigem metálica daquela cidade à qual, há mais de mês, deixara de pertencer.

Vamos comer sushi num japonês que você gosta, disse a moça do lado esquerdo. E ele riu. Depois vamos ao cinema ver o Tom Hanks que você adora, disse o rapaz do lado direito. E ele tornou a rir. Riram os três, um tanto sem graça, porque a partir daquela manhã de agosto, embora os três e todos os outros que já sabiam ou viriam a saber, pois ele tinha o orgulho de nada esconder, tentassem suaves disfarçar, todos sabiam que ele sabia que tinha ficado tarde demais. Para a alegria, repetia, a saúde, a própria vida. Sobretudo para o amor, suspirava. Discreto, pudico, conformado. Nunca-mais o amor era o que mais doía, e de todas as tantas dores, essa a única que jamais confessaria.

PRIMAVERA

Mas quase nem doeu, meses seguintes. Pois veio a primavera e trouxe tantos roxos e amarelos para a copa dos jacarandás, tantos reflexos azuis e prata e ouro na superfície das águas do rio, tanto movimento nas caras das pessoas do Outro Lado com suas deliciosas histórias de vivas desimportâncias, e formas pelas nuvens – um dia, um anjo –, nas sombras do jardim pela tardinha – outro dia, duas borboletas fazendo amor pousadas na sua coxa. Coxa's Motel ele riu.

Nem sempre ria. Pois havia também horários rígidos, drogas pesadas, náuseas, vertigens, palavras fugindo, suspeitas no céu da boca, terror suado estrangulando as noites e olhos baixos no espelho a cada manhã, para não ver Caim estampado na própria cara. Mas havia ainda as doçuras alheias feito uma saudade prévia, pois todos sabiam que era tarde demais, e golpes de fé irracional em algum milagre de *science ficcion*, por vezes avisos mágicos nas minúsculas plumas coloridas caídas pelos cantos da casa. E principalmente, manhãs. Que já não eram de agosto, mas de setembro e depois outubro e assim por diante até o janeiro do novo ano que, em agosto, nem se atrevera a supor.

Estou forte, descobriu certo dia, verão pleno na cidade ao sul para onde mudara, deserta e crestada pelo sol e branca e ardente como uma vila mediterrânea de Theos Angelopoulos. E decidiu: vou viajar. Porque não morri, porque é verão, porque é tarde demais e eu quero ver, rever, transver, milver tudo que não vi e ainda mais do que já vi, como um danado, quero ver feito Pessoa, que também morreu sem encontrar. Maldito e solitário, decidiu ousado: vou viajar.

JADE

Para a costa, perto do mar, onde as águas verdes pareciam jade cintilando no horizonte, como se fizesse parte de um cartão-postal *kitsch*, à sombra de uma palmeira ele bebia água de coco sob o chapéu de palha ao sol das sete da manhã, catando conchas coloridas no debrum da espuma das ondas. Ao pôr do sol atrevia-se às vezes a uma cerveja, olhando rapazes para sempre inatingíveis jogando futebol na areia.

Tarde demais, nunca esquecia. E respirava lento, medido, economizando sua quota kármica de prana ao estufar estômago-costelas-pulmões, nessa ordem, erguendo suave os ombros para depois expirar sorrindo, mini--samadhi. Devocional, búdico. Pois se ficara mesmo tarde demais para todas as coisas dos Viventes Inconscientes, como passara a chamar às Pessoas do Outro Lado – apenas para si mesmo, não queria parecer arrogante –, pois se ficara mesmo assim tragicamente tarde, acendia um cigarro culpado e, fodam-se, com toda a arrogância constatava: se era tarde demais, poderia também ser cedo demais, você não acha? perguntava sem fôlego para ninguém.

Navios deslizavam na linha verde do horizonte. Ele filosofava: se tarde demais era *depois* da hora exata, cedo demais seria *antes* dessa mesma hora. Estava portanto cravado nessa hora, a exata, entre antes-depois, noite-dia, morte-vida e isso era tudo e em sendo tudo não era boa nem má aquela hora, mas exata e justa apenas tudo que tinha. Entre este lado e o outro, isto e aquilo, um coco na mão esquerda e um cigarro na direita, sorria. Apoiado em coisas fugazes e ferozes, anjos e cães de guarda.

Nada mau para um ressuscitado, considerou. E logo depois, insensato: estou feliz. Era verdade. Ou quase, pois:

ANUNCIAÇÃO

Então chegou o outro.

Primeiro por telefone, que era amigo-de-um-amigo--que-estava-viajando-e-recomendara-que-olhasse-por-ele. Se precisava de alguma coisa, se estava mesmo bem entre aspas. Tão irritante ser lembrado da própria fragilidade no ventre do janeiro tropical, quase expulso do Paraíso que a duras penas conquistara desde sua temporada particular no Inferno, teve o impulso bruto de ser farpado com o outro. A voz do outro. A invasão do outro. A gentil crueldade do outro, que certamente faria parte do Outro Lado. Daquela falange dos Cúmplices Complacentes, vezenquando mais odiosa que os Sórdidos Preconceituosos, compreende?

Mas havia algo – um matiz? – nessa voz desse outro que o fazia ter nostalgia boa de gargalhar rouco jogando conversa fora com outras pessoas de qualquer lado – que não havia lados, mas lagos, desconfiava vago –, como desde antes daquele agosto desaprendera de fazer. Ah, sentar na mesa de um bar para beber nem que fosse água brahma light cerpa sem álcool (e tão chegado fora aos conhaques) falando bem ou mal de qualquer filme, qualquer livro, qualquer ser, enquanto navios pespontavam a bainha verde do horizonte e rapazes morenos musculosos jogassem eternamente futebol na areia da praia com suas sungas coloridas protegendo crespos pentelhos suados, peludas bolas salgadas. Respirou fundo, lento, sete vezes perdoando o outro. E marcou um encontro.

ORIENTE

Soube no segundo em que o viu. Quem sabe a pele morena, talvez os olhos chineses? Curioso, certo ar cigano, seria esse nariz persa?

Talvez tanta coisa quem sabe *maybe peut-être magari* enquanto rodavam de carro ouvindo fitas nervosas mas você tem esta eu não consigo acreditar que outra criatura além de mim na galáxia: você é louco, garoto, juro que nunca pensei.

As janelas abertas para a brisa de quase fevereiro faziam esvoaçar os cabelos de um só, que os dele tinham ficado ralos desde agosto. Pelos dos braços que se eriçavam – maresia, magnetismos – e pelas coxas nuas nas bermudas brancas músculos tremiam em câimbras arfantes aos toques ocasionais de um, de outro. Um tanto por acaso, assim as mãos tateando possíveis rejeições, depois mais seguras, cobras enleadas, choque de pupilas com duração de *big boom* em um suspiro – e de repente meu santo antônio um beijo de língua morna molhado na boca até o céu e quase a garganta alagados pelos joelhos na chuva tropical de Botafogo.

Mas se o outro, cuernos, se o outro, como todos, sabia perfeitamente de sua situação: como se atrevia? por que te atreves, se não podemos ser amigos simplesmente, cantarolou distraído. Piedade, suicídio, sedução, *hot voodoo*, melodrama. Pois se desde agosto tornara-se o tão impuro que sequer os leprosos de Cartago ousariam tocá-lo, ele, o mais sarnento de todos os cães do beco mais sujo de Nova Délhi. Ay! gemeu sedento e andaluz no deserto rosso da cidade do centro.

SONETO

Acordou em estado de encantamento. Noutra cidade, ainda mais ao norte, para onde fugira depois daquele beijo. Só que quase não conseguia mais olhar para fora. Como antigamente, como quando fazia parte da roda, como quando estava realmente vivo – mas se porra ainda não morri caralho, quase gritava. E talvez não fosse tarde demais, afinal, pois começou desesperadamente outra vez a ter essa coisa sôfrega: a esperança. Como se não bastasse, veio também o desejo. Desejo sangrento de bicho vivo pela carne de outro bicho vivo também. Sossega, dizia insone, abusando de lexotans, duchas mornas, shiatsus. Esquece, renuncia, baby: esses quindins já não são para o teu bico, meu pimpolho...

Meio fingindo que não, pela primeira vez desde agosto olhou-se disfarçado no espelho do *hall* do hotel. As marcas tinham desaparecido. Um tanto magro, *biên-*

-*sure*, considerou, mas *pas grave, mon chér*. Twiggy, afinal, Iggy Pop, Verushka (onde andaria?), Tony Perkins – não, Tony Perkins melhor não – enumerou, ele era meio *sixties*. Enfim, quem não soubesse jamais diria, você não acha, meu bem? Mas o outro sabia. E por dentro do encantamento, da esperança e do desejo, entremeado começou a ter pena do outro, mas isso não era justo, e tentou o ódio. Ódio experimental, claro, pois embora do bem, ele tinha Ogum de lança em riste na frente. Aos berros no chuveiro: se você sabe seu veado o que pretende afinal com tanta sedução? Sai de mim, me deixa em paz, você arruinou a minha vida. Começou a cantar uma velha canção de Nara Leão que sempre o fazia chorar, desta vez mais que sempre, por que desceste ao meu porão sombrio, por que me descobriste no abandono, por que não me deixaste adormecido? Mas faltava água na cidade de lá, e ensaboado e seco ele parou de cantar.

FUGA

Porque não suportava mais todas aquelas coisas por dentro e ainda por cima o quase-amor e a confusão e o medo puro, ele voltou à cidade do centro. Marcou a passagem de volta para a sua cidade ao sul em uma semana. Continuava verão, quase não havia lugares e todo mundo se movia sem parar dos mares para as montanhas, do norte para o sul e o contrário o tempo todo. Fatídica, pois, a volta. Em sete dias. Só no terceiro, o das árvores que dão frutos, telefonou.

O outro, outra vez. A voz do outro, a respiração do outro, a saudade do outro, o silêncio do outro. Por mais três dias então, cada um em uma ponta da cidade, arquitetaram fugas inverossímeis. O trânsito, a chuva, o calor, o sono, o cansaço. O medo, não. O medo não diziam. Deixavam-se recados truncados pelas máquinas, ao reconhecer a voz um do outro atendiam súbitos em pleno bip ou deixavam o telefone tocar e tocar sem atender, as vozes se perdendo nos primeiros graus de Aquário.

Sim, afligia muito querer e não ter. Ou não querer e ter. Ou não querer e não ter. Ou querer e ter. Ou qualquer outra enfim dessas combinações entre os quereres e os teres de cada um, afligia tanto.

SONHO

Teve um sonho, então. O primeiro que conseguia lembrar desde agosto.

Chegava num bar com mesas na calçada. Ele morava num apartamento em cima daquele bar, no mesmo prédio. Estava aflito, esperava um recado, carta, bilhete ou qualquer presença urgente do outro. Sorrindo na porta do bar, um rapaz o cumprimentou. Não o conhecia, mas cumprimentou de volta, mais apressado que intrigado. Subia escadas correndo, ofegante abria a porta. Nenhum bilhete no chão. Na secretária, nenhum recado na fita. Olhou o relógio, tarde demais e não viera. Mas de repente lembrou que aquele rapaz que o cumprimentara sorrindo na porta do bar lá embaixo, que aquele rapaz moreno que ele não reconhecera – aquele rapaz era o outro.

Não vejo o amor, descobriu acordando: desvio dele e caio de boca na rejeição.

CAPITULAÇÃO

Como não era mais possível adiar, sob risco de parecerem no mínimo mal-educados – e eram, ambos, de fino trato – na véspera da partida ele acendeu uma vela para Jung, outra para Oxum. E foi.

Feito donzela, tremia ao descer do táxi, mas umas adrenalinas viris corriam nos músculos e umas endorfinas doidas no cérebro avisavam: voltara, o desejo que tanto latejara antes e tão loucamente que, por causa dele, ficara assim. Nosferatu, desde agosto, aquela espada suspensa, pescoço na guilhotina, um homem-bomba cujo lacre ninguém se atrevia a quebrar.

ESPELHO

Na sala clara e limpa, começou a falar sem parar sobre a outra cidade mais ao norte, o jade do mar de lá, e daquela outra mais ao sul, o túnel roxo dos jacarandás. De tudo que não estava ali na sala clara e limpa no centro da qual, parado, o outro o olhava, e de tudo que fora antes e o que seria depois daquele momento, ele falou. Mas em nenhum momento daquele momento, hora exata, em que ele e o outro se olhavam frente a frente.

– Amanhã é dia de Iemanjá – ele disse por fim exausto.

O outro convidou:

– Senta aqui do meu lado.

Ele sentou. O outro perguntou:

– Nosso amigo te contou?

– O quê?

O outro pegou na mão dele. A palma era lisa, fina, leve, fresca.

– Que eu também.

Ele não entendia.

– Que eu também – o outro repetiu.

O ruído dos carros nas curvas de Ipanema, a lua nova sobre a lagoa. E feito um choque elétrico, raio de Iansã, de repente entendeu. Tudo.
– Você também – disse, branco.
– Sim – o outro disse sim.

VALSA

Seminus viraram noite espalhando histórias desde a infância sobre a cama, entre leques, cascas de amendoim, latas de gatorade, mapas astrais e arcanos do Tarot, ouvindo Ney Matogrosso gemer uma história fatigada e triste sobre um viajante por alguma casa, pássaros de asas renovadas, reis destronados da imensa covardia. Eu era gordo, contou um. Eu era feio, disse outro. Morei em Paris, contou um. Vivi em Nova York, disse outro. Adoro manga, odeio cebola. Coisas assim, eles falaram até as cinco.

Às vezes aconteciam coisas malucas, como a ponta do pé de um escorregar para tão dentro e fundo da manga da camiseta do outro que um dedo alerta roçava súbito um mamilo duro, ou a cabeça de um descansava suada por um segundo na curva do ombro do outro, farejando almíscar. Que o outro quase morrera, antes mesmo dele, num agosto anterior talvez de abril, e desde então pensava que: era tarde demais para a alegria, para a saúde, para a própria vida e, sobretudo, ai, para o amor. Dividia-se entre natações, vitaminas, trabalho, sono e punhetas loucas para não enlouquecer de tesão e de terror. Os pulmões, falaram, o coração. Retrovírus, Plutão em Sagitário, alcaçuz, zidovudina e Rá!

Quando saíram para jantar juntos ao ar livre, não se importaram que os outros olhassem – de vários pontos de vista, de vários lados de lá – para as suas quatro mãos por vezes dadas sobre a toalha xadrez azul e branco. Belos, inacessíveis como dois príncipes amaldiçoados e por isso mesmo ainda mais nobres.

FINAIS

Quase amanhecia quando trocaram um abraço demorado dentro do carro que só faltava ser Simca. Tão *fifties*, riram. Na manhã de Iemanjá, ele jogou rosas brancas na sétima onda, depois partiu sozinho. Não fizeram planos.
Talvez um voltasse, talvez o outro fosse. Talvez um viajasse, talvez outro fugisse. Talvez trocassem cartas, telefonemas noturnos, dominicais, cristais e contas por sedex, que ambos eram meio bruxos, meio ciganos, assim meio babalaôs. Talvez ficassem curados, ao mesmo tempo ou não. Talvez algum partisse, outro ficasse. Talvez um perdesse peso, o outro ficasse cego. Talvez não se vissem nunca mais, com olhos daqui pelo menos, talvez enlouquecessem de amor e mudassem um para a cidade do outro, ou viajassem juntos para Paris, por exemplo, Praga, Pittsburg ou Creta. Talvez um se matasse, o outro negativasse. Sequestrados por um OVNI, mortos por bala perdida, quem sabe.
Talvez tudo, talvez nada. Porque era cedo demais e nunca tarde. Era recém no início da não morte dos dois.

BOLERO

Mas combinaram:
Quatro noites antes, quatro depois do plenilúnio, cada um em sua cidade, em hora determinada, abrem as

janelas de seus quartos de solteiros, apagam as luzes e abraçados em si mesmos, sozinhos no escuro, dançam boleros tão apertados que seus suores se misturam, seus cheiros se confundem, suas febres se somam em quase noventa graus, latejando duro entre as coxas um do outro.

Lentos boleros que mais parecem mantras. Mais Índia do que Caribe. Pérsia, quem sabe, budismo hebraico em celta e yorubá. Ou meramente Acapulco, girando num embrujo de maraca y bongô.

Desde então, mesmo quando chove ou o céu tem nuvens, sabem sempre quando a lua é cheia. E quando mingua e some, sabem que se renova e cresce e torna a ser cheia outra vez e assim por todos os séculos e séculos porque é assim que é e sempre foi e será, se Deus quiser e os anjos disserem Amém.

E dizem, vão dizer, estão dizendo, já disseram.

Conto do livro *Ovelhas negras*.

BIOGRAFIA

Caio Fernando Loureiro de **Abreu** nasceu a 12 de setembro de 1948, em Santiago, cidade do Rio Grande do Sul. Seu primeiro texto publicado foi o conto "O príncipe sapo", em 1966, na revista *Cláudia*. Ainda na década de 1960, ingressou nos cursos de Letras e Arte Dramática da Universidade Federal do Rio Grande do Sul (UFRGS), mas ambos ficaram inconclusos.

Em 1968, Caio foi para São Paulo e integrou a primeira equipe da então novíssima revista *Veja*. Em 1969, desempregado, circulou por Porto Alegre, Rio de Janeiro e Campinas, onde ficou na Casa do Sol, sítio de Hilda Hilst. No mesmo ano, ganhou o prêmio pelo volume inédito de contos *Inventário do irremediável*, publicado em 1970, em Porto Alegre.

No início de 1971, Caio decidiu tentar a sorte no Rio de Janeiro, onde publicou o romance *Limite branco*. A escritora Clarice Lispector, que Caio havia conhecido pouco tempo antes, no fim de 1970, em Porto Alegre, foi a madrinha da noite do lançamento. No Rio, trabalhou nas revistas *Manchete* e *Pais e Filhos*, como pesquisador e redator. No fim de 1971, preso por porte de maconha, foi solto por intervenção de seu patrão Adolpho Bloch. Em seguida, Bloch o demitiu e deu-lhe uma passagem de volta para o Sul. Em Porto Alegre, trabalhou na redação do jornal *Zero Hora* e passou a colaborar com outras publicações, entre elas o *Suplemento Literário de Minas Gerais*.

Esse foi um período em que Caio mergulhou de cabeça na contracultura: foi um tempo de desbunde e muitas drogas. Como muitos jovens de sua geração, resolveu seguir à risca o lema "Brasil, ame-o ou deixe-o". No início de 1973, viajou para a Europa, onde viveu em Estocolmo (como lavador de pratos e garçom), Amsterdã e Londres (como faxineiro, lixeiro e modelo-vivo de belas-artes e fotografia).

Em 1974, Caio viu-se em um dilema: continuar a vida *hippie* no exterior e seguir viagem para a Índia ou voltar ao Brasil e investir na carreira de escritor. Sua opção foi a literatura. Em Porto Alegre, onde passou novamente a residir, integrou a equipe da *Folha da Manhã*. Em 1975, publicou *O ovo apunhalado*, que, em 1973, havia recebido, como volume inédito de contos, menção honrosa do Prêmio Nacional de Ficção. Em 1977, Caio publicou mais um livro de contos, *Pedras de Calcutá*, que obteve boas críticas.

Em 1978, voltou a morar em São Paulo. Trabalhou na redação das revistas *Pop* e *Nova*, período em que escreveu grande parte dos contos de *Morangos mofados*. Após ficar dois anos na gaveta da editora Nova Fronteira, o livro foi aceito pela Brasiliense. Publicado em 1982, *Morangos mofados* foi um sucesso comercial e deu fama a Caio.

Numa decisão ousada, abandonou, em 1983, o emprego e mudou-se para o Rio de Janeiro. Pretendeu, com isso, finalizar o projeto literário com que estava envolvido: as novelas de *Triângulo das águas*. Publicado em 1983, o livro, em comparação com *Morangos mofa-*

dos, foi um fracasso comercial e não obteve boas críticas. Para Caio, *Triângulo das águas* foi seu livro mais incompreendido. Apesar disso, o livro conquistou, em 1984, o Prêmio Jabuti.

Em 1984, novamente em São Paulo, passou a trabalhar no jornal *O Estado de S. Paulo* como copidesque do *Caderno 2*. Em 1988, publicou a novela infantojuvenil *As frangas* e o livro de contos *Os dragões não conhecem o paraíso*, pelo qual ganhou o Prêmio Jabuti. Cansado do corre-corre da redação e sem tempo suficiente para escrever ficção, Caio pediu demissão do jornal logo após o lançamento de *Os dragões não conhecem o paraíso*. O tempo dedicado à literatura aumentou, assim como as dificuldades financeiras, já que passou a viver de trabalhos *freelances*.

Em 1989, conquistou, com Luiz Arthur Nunes, o Prêmio Molière de melhor autor pela montagem carioca da peça *A maldição do Vale Negro*. Em 1990, publicou um antigo projeto, o romance *Onde andará Dulce Veiga?*, que lhe deu o Prêmio APCA de melhor romance do ano. O início da década de 1990 marcou a carreira internacional da literatura de Caio. Seus livros começaram a ser traduzidos e publicados em diversos países. Em 1992, ganhou uma bolsa de dois meses da Maison des Écrivains Étrangers et des Traducteurs (Meet) em Saint-Nazaire, na França. Durante essa estada, escreveu a novela "Bem longe de Marienbad", publicada originalmente na França, em 1994, e incluída no livro *Estranhos estrangeiros*, de 1996. Nesses anos iniciais da década de 1990, também participou, na Europa, de encontros de literatura e fez leituras em alguns países.

Em agosto de 1994, descobriu-se HIV positivo e foi internado no hospital Emílio Ribas, em São Paulo. Por meio de três crônicas publicadas no jornal *O Estado de*

S. Paulo, no qual tinha um espaço quinzenal, Caio tornou público que tinha Aids. A partir de então, viveu dias de *instant celebrity*, como costumava brincar, ironizando o assédio da mídia por conta de sua soropositividade. Em outubro, recém-saído do hospital, participou, em Frankfurt, na Alemanha, da 46ª Feira Internacional do Livro, que teve o Brasil como tema. Com os escritores Ignácio de Loyola Brandão e Sérgio Sant'Anna, fez leituras em diversas cidades da Alemanha.

Em 1995, mesmo com a saúde debilitada, Caio entregou-se a vários trabalhos: revisou e reeditou alguns de seus livros; publicou o livro de contos *Ovelhas negras*; manteve colunas quinzenais nos jornais *O Estado de S. Paulo* e *Zero Hora*; traduziu *Assim vivemos agora*, de Susan Sontag; e participou, como patrono, da 41ª Feira do Livro de Porto Alegre. Além de tudo isso, tinha diversos projetos de livros em andamento. Um deles era um livro com histórias passadas no estrangeiro.

Antes que terminasse o projeto, Caio morreu, em 25 de fevereiro de 1996, em Porto Alegre, cidade onde, desde 1994, voltara a residir. O livro *Estranhos estrangeiros* foi publicado meses depois.

BIBLIOGRAFIA

Inventário do irremediável. [contos] Porto Alegre: Movimento, 1970. (Prêmio Fernando Chinaglia da União Brasileira de Escritores/UBE)

_____. 2. ed. refeita pelo autor (com o título *Inventário do ir-remediável*). Porto Alegre: Sulina, 1995.

Limite branco. [romance] Rio de Janeiro: Expressão e Cultura, 1971.

_____. 2. ed. revista pelo autor. São Paulo: Siciliano, 1994.

O ovo apunhalado. [contos] Porto Alegre: Globo, 1975.

_____. 3. ed. revista pelo autor. Rio de Janeiro: Salamandra, 1984.

_____. 4. ed. São Paulo: Siciliano, 1992.

Pedras de Calcutá. [contos] São Paulo: Alfa-Ômega, 1977.

_____. 2. ed. revista pelo autor. São Paulo: Companhia das Letras, 1996.

Morangos mofados. [contos] São Paulo: Brasiliense, 1982.

_____. 9. ed. revista pelo autor. São Paulo: Companhia das Letras, 1995.

_____. 10. ed. Rio de Janeiro: Agir, 2005.

Triângulo das águas. [novelas] Rio de Janeiro: Nova Fronteira, 1983. (Prêmio Jabuti da Câmara Brasileira do Livro para melhor livro de contos)

_____. 2. ed. revista pelo autor. São Paulo: Siciliano, 1993.

Os dragões não conhecem o paraíso. [contos] São Paulo: Companhia das Letras, 1988. (Prêmio Jabuti da Câmara Brasileira do Livro para melhor livro de contos)

As frangas. [novela infanto-juvenil] Ilustração de Rui de Oliveira. Rio de Janeiro: Globo, 1988. (Medalha Altamente Recomendável da Fundação Nacional do Livro InfantoJuvenil)

Mel & girassóis. [seleção de contos] Seleção de Regina Zilberman. Porto Alegre: Mercado Aberto, 1988.

A maldição do Vale Negro. [peça teatral escrita em parceria com Luiz Arthur Nunes] Porto Alegre: IEL, 1988. (Prêmio Molière de Melhor Autor de 1988)

Onde andará Dulce Veiga?: um romance B. [romance] São Paulo: Companhia das Letras, 1990. (Prêmio da Associação Paulista dos Críticos de Arte/APCA para romance)

Bien loin de Marienbad. [novela] Tradução de Claire Cayron. Saint-Nazaire, França: Arcane 17, 1994.

Ovelhas negras. [contos] Porto Alegre: Sulina, 1995.

_____. 2. ed. Porto Alegre: LP&M, 2002. (Coleção LP&M Pocket).

Estranhos estrangeiros. [contos e novelas] São Paulo: Companhia das Letras, 1996.

Pequenas epifanias. [crônicas] Organização de Gil França Veloso. Porto Alegre: Sulina, 1996.

Teatro completo. [teatro] Organização de Luiz Arthur Nunes. Porto Alegre: Sulina, 1997.

Girassóis. [crônica, literatura infanto-juvenil] Ilustrações de Paulo Portella Filho. São Paulo: Global, 1997.

Fragmentos: 8 histórias e um conto inédito. [seleção de contos] Seleção de Luciano Alabarse. Porto Alegre: LP&M, 2000.

Caio Fernando Abreu: cartas. [correspondência] Organização de Italo Moriconi. Rio de Janeiro: Aeroplano, 2002.

Caio em 3D: O essencial da década de 70. [contos, correspondência, poesia e depoimentos] Seleção de Valéria Sanalios e apresentação de Maria Adelaide Amaral. Rio de Janeiro: Agir, 2005.

Caio em 3D: O essencial da década de 80. [contos, crônicas, disperso, correspondência e depoimentos] Seleção de Valéria Sanalios e apresentação de Márcia Denser. Rio de Janeiro: Agir, 2005.

Obs.: Os contos incluídos nesta seleção foram extraídos das edições revistas pelo autor.

229

ÍNDICE

Prefácio 7

Corujas 17
Oásis 23
Sargento Garcia 30
Garopaba *mon amour* 49
Terça-feira gorda 57
Aconteceu na Praça XV 62
Os sobreviventes 69
Ao simulacro da *imagerie* 75
Uma história de borboletas 80
O dia que Urano entrou em Escorpião 91
London, London ou Ajax, Brush and Rubbish 98
Morangos mofados 106
O coração de Alzira 115
Os sapatinhos vermelhos 120
Creme de alface 134
Sim, ele deve ter um ascendente em peixes 140

Aqueles dois 145
Linda, uma história horrível 156
Holocausto 167
Dama da noite 172
Visita 181
Sob o céu de Saigon 187
Mel & girassóis 193
Depois de agosto 211

Biografia 223
Bibliografia 227

COLEÇÃO MELHORES CONTOS

ANÍBAL MACHADO
Seleção e prefácio de Antonio Dimas

LYGIA FAGUNDES TELLES
Seleção e prefácio de Eduardo Portella

BRENO ACCIOLY
Seleção e prefácio de Ricardo Ramos

MARQUES REBELO
Seleção e prefácio de Ary Quintella

MOACYR SCLIAR
Seleção e prefácio de Regina Zilbermann

MACHADO DE ASSIS
Seleção e prefácio de Domício Proença Filho

HERBERTO SALES
Seleção e prefácio de Judith Grossmann

RUBEM BRAGA
Seleção e prefácio de Davi Arrigucci Jr.

LIMA BARRETO
Seleção e prefácio de Francisco de Assis Barbosa

JOÃO ANTÔNIO
Seleção e prefácio de Antônio Hohlfeldt

EÇA DE QUEIRÓS
Seleção e prefácio de Herberto Sales

MÁRIO DE ANDRADE
Seleção e prefácio de Telê Ancona Lopez

LUIZ VILELA
Seleção e prefácio de Wilson Martins

J. J. VEIGA
Seleção e prefácio de J. Aderaldo Castello

JOÃO DO RIO
Seleção e prefácio de Helena Parente Cunha

IGNÁCIO DE LOYOLA BRANDÃO
Seleção e prefácio de Deonísio da Silva

LÊDO IVO
Seleção e prefácio de Afrânio Coutinho

RICARDO RAMOS
Seleção e prefácio de Bella Jozef

MARCOS REY
Seleção e prefácio de Fábio Lucas

SIMÕES LOPES NETO
Seleção e prefácio de Dionísio Toledo

HERMILO BORBA FILHO
Seleção e prefácio de Silvio Roberto de Oliveira

BERNARDO ÉLIS
Seleção e prefácio de Gilberto Mendonça Teles

AUTRAN DOURADO
Seleção e prefácio de João Luiz Lafetá

JOEL SILVEIRA
Seleção e prefácio de Lêdo Ivo

JOÃO ALPHONSUS
Seleção e prefácio de Afonso Henriques Neto

ARTUR AZEVEDO
Seleção e prefácio de Antonio Martins de Araujo

RIBEIRO COUTO
Seleção e prefácio de Alberto Venancio Filho

OSMAN LINS
Seleção e prefácio de Sandra Nitrini

ORÍGENES LESSA
Seleção e prefácio de Glória Pondé

DOMINGOS PELLEGRINI
Seleção e prefácio de Miguel Sanches Neto

CAIO FERNANDO ABREU
Seleção e prefácio de Marcelo Secron Bessa

EDLA VAN STEEN
Seleção e prefácio de Antonio Carlos Secchin

FAUSTO WOLFF
Seleção e prefácio de André Seffrin

AURÉLIO BUARQUE DE HOLANDA
Seleção e prefácio de Luciano Rosa

ALUÍSIO AZEVEDO
Seleção e prefácio de Ubiratan Machado

SALIM MIGUEL
Seleção e prefácio de Regina Dalcastagnè

ARY QUINTELLA
Seleção e prefácio de Monica Rector

HÉLIO PÓLVORA
Seleção e prefácio de André Seffrin

WALMIR AYALA
Seleção e prefácio de Maria da Glória Bordini

HUMBERTO DE CAMPOS*
Seleção e prefácio de Evanildo Bechara

*PRELO

COLEÇÃO MELHORES POEMAS

CASTRO ALVES
Seleção e prefácio de Lêdo Ivo

LÊDO IVO
Seleção e prefácio de Sergio Alves Peixoto

FERREIRA GULLAR
Seleção e prefácio de Alfredo Bosi

MARIO QUINTANA
Seleção e prefácio de Fausto Cunha

CARLOS PENA FILHO
Seleção e prefácio de Edilberto Coutinho

TOMÁS ANTÔNIO GONZAGA
Seleção e prefácio de Alexandre Eulalio

MANUEL BANDEIRA
Seleção e prefácio de Francisco de Assis Barbosa

CECÍLIA MEIRELES
Seleção e prefácio de Maria Fernanda

CARLOS NEJAR
Seleção e prefácio de Léo Gilson Ribeiro

LUÍS DE CAMÕES
Seleção e prefácio de Leodegário A. de Azevedo Filho

GREGÓRIO DE MATOS
Seleção e prefácio de Darcy Damasceno

ÁLVARES DE AZEVEDO
Seleção e prefácio de Antonio Candido

MÁRIO FAUSTINO
Seleção e prefácio de Benedito Nunes

ALPHONSUS DE GUIMARAENS
Seleção e prefácio de Alphonsus de Guimaraens Filho

OLAVO BILAC
Seleção e prefácio de Marisa Lajolo

JOÃO CABRAL DE MELO NETO
Seleção e prefácio de Antonio Carlos Secchin

FERNANDO PESSOA
Seleção e prefácio de Teresa Rita Lopes

Augusto dos Anjos
Seleção e prefácio de José Paulo Paes

Bocage
Seleção e prefácio de Cleonice Berardinelli

Mário de Andrade
Seleção e prefácio de Gilda de Mello e Souza

Paulo Mendes Campos
Seleção e prefácio de Guilhermino Cesar

Luís Delfino
Seleção e prefácio de Lauro Junkes

Gonçalves Dias
Seleção e prefácio de José Carlos Garbuglio

Haroldo de Campos
Seleção e prefácio de Inês Oseki-Dépré

Gilberto Mendonça Teles
Seleção e prefácio de Luiz Busatto

Guilherme de Almeida
Seleção e prefácio de Carlos Vogt

Jorge de Lima
Seleção e prefácio de Gilberto Mendonça Teles

Casimiro de Abreu
Seleção e prefácio de Rubem Braga

Murilo Mendes
Seleção e prefácio de Luciana Stegagno Picchio

Paulo Leminski
Seleção e prefácio de Fred Góes e Álvaro Marins

Raimundo Correia
Seleção e prefácio de Telenia Hill

Cruz e Sousa
Seleção e prefácio de Flávio Aguiar

Dante Milano
Seleção e prefácio de Ivan Junqueira

José Paulo Paes
Seleção e prefácio de Davi Arrigucci Jr.

Cláudio Manuel da Costa
Seleção e prefácio de Francisco Iglésias

MACHADO DE ASSIS
Seleção e prefácio de Alexei Bueno

HENRIQUETA LISBOA
Seleção e prefácio de Fábio Lucas

AUGUSTO MEYER
Seleção e prefácio de Tania Franco Carvalhal

RIBEIRO COUTO
Seleção e prefácio de José Almino

RAUL DE LEONI
Seleção e prefácio de Pedro Lyra

ALVARENGA PEIXOTO
Seleção e prefácio de Antonio Arnoni Prado

CASSIANO RICARDO
Seleção e prefácio de Luiza Franco Moreira

BUENO DE RIVERA
Seleção e prefácio de Affonso Romano de Sant'Anna

IVAN JUNQUEIRA
Seleção e prefácio de Ricardo Thomé

CORA CORALINA
Seleção e prefácio de Darcy França Denófrio

ANTERO DE QUENTAL
Seleção e prefácio de Benjamin Abdalla Junior

NAURO MACHADO
Seleção e prefácio de Hildeberto Barbosa Filho

FAGUNDES VARELA
Seleção e prefácio de Antonio Carlos Secchin

CESÁRIO VERDE
Seleção e prefácio de Leyla Perrone-Moisés

FLORBELA ESPANCA
Seleção e prefácio de Zina Bellodi

VICENTE DE CARVALHO
Seleção e prefácio de Cláudio Murilo Leal

PATATIVA DO ASSARÉ
Seleção e prefácio de Cláudio Portella

ALBERTO DA COSTA E SILVA
Seleção e prefácio de André Seffrin

Alberto de Oliveira
Seleção e prefácio de Sânzio de Azevedo

Walmir Ayala
Seleção e prefácio de Marco Lucchesi

Alphonsus de Guimaraens Filho
Seleção e prefácio de Afonso Henriques Neto

Menotti del Picchia
Seleção e prefácio de Rubens Eduardo Ferreira Frias

Álvaro Alves de Faria
Seleção e prefácio de Carlos Felipe Moisés

Sousândrade
Seleção e prefácio de Adriano Espínola

Lindolf Bell
Seleção e prefácio de Péricles Prade

Thiago de Mello
Seleção e prefácio de Marcos Frederico Krüger

Arnaldo Antunes
Seleção e prefácio de Noemi Jaffe

Armando Freitas Filho
Seleção e prefácio de Heloisa Buarque de Hollanda

Luiz de Miranda
Seleção e prefácio de Regina Zilbermann

Affonso Romano de Sant'Anna
Seleção e prefácio de Miguel Sanches Neto

Mário de Sá-Carneiro
Seleção e prefácio de Lucila Nogueira

Augusto Frederico Schmidt
Seleção e prefácio de Ivan Marques

Almeida Garret
Seleção e prefácio de Izabel Leal

Ruy Espinheira Filho
Seleção e prefácio de Sérgio Martagão

Sosígenes Costa*
Seleção e prefácio de Aleilton Fonseca

*PRELO

CTP・Impressão・Acabamento
Com arquivos fornecidos pelo Editor

EDITORA e GRÁFICA
VIDA & CONSCIÊNCIA

R. Agostinho Gomes, 2312 • Ipiranga • SP
Fone/fax: (11) 3577-3200 / 3577-3201
e-mail:grafica@vidaeconsciencia.com.br
site: www.vidaeconsciencia.com.br